ラチェリアの恋 1

ティアラブックス

Character《キャラクター》

オリヴァー・セド・ボトリング(29)

ユヴァレスカ帝国の公爵で、整った顔にたくましい体躯の美丈夫。多くの女性を魅了してやまないが、前妻と死別してからは、シングルファーザーとして一人息子のレオナルドを育てている。レオナルドの教育係としてやってきたラチェリアを信頼し、気にかけているようで——。

ブラッドフォード・フロム・アストリア(23)

銀髪と青い瞳が麗しい、ガゼル王国の王太子。恋人だったアラモアナを突如失い、ラチェリアと結婚した。ラチェリアとは幼い頃からの友人だが、結婚してからは折り合いが悪くなっている。

ラチェリア・パラタイン(23)

ガゼル王国の王太子妃。一言で表すなら、才色兼備。幼い頃からブラッドを愛しているが、彼がかつての恋人・アラモアナを忘れられずにいると気付いている。さらに、子宝にも恵まれず、憂いに沈む日々を送っていた。そんな中、アラモアナがブラッドとの子どもを連れて現れたことで、離婚を決意。親族のいるユヴァレスカ帝国へと渡る。

レオナルド・フィレ・ボトリング(5)

オリヴァーの一人息子で、公爵家後継者。好奇心旺盛で非常に賢いが、五歳児らしくやんちゃな一面もある。ラチェリアをとても慕っている。

アラモアナ・ラズヒンス(23)

ブラッドフォードの元恋人である、侯爵令嬢。ある事故から行方不明になっていたが、ブラッドとの間にできた子どもとともに現れた。

Contents《コンテンツ》

二人の関係

彼のお嫁さんになるのが私の夢だった。

一人ぼっちだった彼と一緒にいたのは私だった。

彼がつらいときにずっと励ましてきたし、父にかけあって彼を守るようにお願いした。だって彼のことが本当に好きだったから。

だから、恥ずかしそうに彼女を連れて、人生を一緒に歩んでいきたいんだ、と私に一番に報告をしてくれたとき、二人が幸せそうにくちづけを交わしているのを見たとき、体中の血が全部地面に吸いこまれたかのように重くなった。

私の引きつった笑顔は、彼には自然に見えていたかしら？

醜《みにく》い笑顔を見せてはいなかったかしら？

彼女が花のような笑顔を私に向けたとき、私の瞳は色を失っていなかったかしら？

私は彼の幸せを祝福する言葉を、ちゃんと伝えることができていたかしら？

彼と私の結婚が決まったとき、私はどんな顔をしていたかしら？

私は……。

腰まで伸びた、ストロベリーブロンドの髪は母親譲り。父親と同じ青に近い緑色の瞳は知的だが、少し冷たく見えるという者もいる。白い肌にすっと通った鼻筋と、バラ色の形のよい唇。ラチェリアをひと言で表すなら、才色兼備《さいしょくけんび》。

ラチェリアは、ガゼル王国の宰相《さいしょう》でもあるウィリアム・パラタイン侯爵の一人娘。そして、ガゼル王国第四王子で王太子の、ブラッドフォード・フロム・アストリアの妻。つまり王太子妃だ。

ラチェリアとブラッドフォードの婚約が成立したのは、ラチェリアが十八歳のとき。それから一年後、二人は結婚をした。愛のない結婚を。

いや、愛はある。ラチェリアはブラッドフォードを愛している。ずっと小さいころから。ただ、ブラッドフォードがラチェリアを愛していないだけで。

ブラッドフォードの母親は、国王の六番目の側妃《そくひ》で身分も低かったため、たいした後ろ盾もなく、毎日息をひそめて生きていた。そんな母親もブラッドフォードが六歳のときに亡くなり、ますます危《あや》うい立場となったブラッドフォードは、いつ消されてもおかしくない恐怖に震えていた。

そして、宮殿内に自分の居場所もなく、隠れるように過ごしていたブラッドフォードを支えてきたのがラチェリアだった。

今は亡きラチェリアの母イライザと、ブラッドフォードの母であるキャンベラが友人関係にあったため、ラチェリアとブラッドフォードは、物心がつく前からのつきあいだ。しかしイライザが亡くなり、キャンベラが亡くなると二人の状況は変わっていった。

王妃ジェレミアから、息子で第五王子のアルフレッドと、ラチェリアとの婚約の打診をされたのもそのひとつ。

しかし、ラチェリアを王位継承《けいしょう》権争いに巻きこみたくなかったラチェリアの父親であるウィリアムは、それを断った。それにより、密かに続けてきた親交を、さらに注意深く隠さなくてはならなくなったのは仕方のないこと。

アルフレッドとの婚約を断っているのに、ブラッドフォードと積極的に関わっていると知られれば、ジェレミアに敵対していると捉えられかねないし、いらぬ攻撃を受けることになるかもしれないからだ。

ただでさえ、キャンベラとブラッドフォードはジェレミアから睨《にら》まれていたのだから、いらぬ波風を立てるより、静かに離宮にでも押しこんで、息を殺して暮らさせるほうがブラッドフォードの命は守れる。

ウィリアムは国王に、キャンベラが住んでいた北の離宮から少し離れた所にある、アザミの宮と呼ばれる小さな離宮に、ブラッドフォードを住まわせることを提案し、国王がそれを受けいれた。

アザミの宮は、元は罪人を幽閉《ゆうへい》するために建てられた粗末《そまつ》なものだが、実際には宮殿内に別の牢《ろう》があるため、使われることもなく忘れさられていた。そのため、アザミの宮に住みついたブラッドフォードは、嘲笑《ちょうしょう》されることはあったが、それ以上の関心を引くことはなかった。

だから名前も知らない使用人が朝食を運んできて、少し部屋の掃除をして、夕方に再び夕食を運んでくるだけで、ブラッドフォードはほとんど一人きりの生活。そんなブラッドフォードにとってラチェリアは、唯一心を許せる存在だった。

ブラッドフォードが住むアザミの宮は、地下が牢、一階が守衛《しゅえい》の詰所《つめしょ》となっていた。その詰所に家具を入れて生活できるようにしたのが、今、ラチェリアとブラッドフォードがいる部屋。そこはブラッドフォードの寝室で、ベッドとチェスト、テーブル以外には、ラチェリアが持ってきた本と、木で作られた玩具《おもちゃ》が少しあるだけ。とても王国の王子で七歳の子どもが住んでいるとは思えないその部屋が、ブラッドフォードが唯一生きることを許された場所だ。

ベッドの横に置かれたテーブルの上のふたつのカップには、ラチェリア特製のホットチョコレート。ホットチョコレートはブラッドフォードが好きな飲み物で、横に添えられている甘さ控えめで硬めのビスケットを、ホットチョコレートに浸して食べるのが二人のお気に入り。

そして部屋の床にぺたんと座って、ホットチョコレートを飲みながら、肩を寄せあって、二人が何をしているのかといえばお絵描き。

たとえ忘れさられた宮に住んでいるとはいっても、人の目や耳が近くにないわけではない。大きな声を出すことも、庭を走りまわることもできない場所で、二人ができる数少ない遊びのひとつがお絵描きなのだ。

ブラッドフォードが描いた絵には、男の子と女の子が楽しそうに遊んでいる姿があった。きっとラチェリアとブラッドフォードを描いたのだろう。

「ねぇ、ブラッド。私との約束を覚えている？」

「もちろんだよ。妖精との約束でしょ？」

〝互いを助け、互いを支え、互いの幸せを願う。〟

それは以前、二人で読んだ、女の子と妖精の友情が美しく描かれた本の一文。

本を読んで感動したブラッドフォードは、ラチェリアの手を握って「僕たちも、この子たちのようにいつまでも友達でいよう」と言った。

ラチェリアは瞳を輝かせて大きくうなずき、「もちろんよ！」とブラッドフォードの手を握りかえしたのだ。

「いつまでも僕と一緒にいてね。約束だよ」

「約束するわ。私たちはずっと一緒よ」

母親を亡くしているラチェリアとて、決して寂しくないわけではない。だが、ラチェリアには父ウィリアムがいる。ウィリアムは惜しみなくラチェリアに愛情を注ぎ、どんなときでもラチェリアを守ってくれた。

しかし、同じく母親を亡くしているブラッドフォードの頼るべき父親は、国王という立場にあっても、決してブラッドフォードを庇護《ひご》してはくれない。頼れる親族もいない。ブラッドフォードは一人ぼっちなのだ。

（私が守ってあげる。絶対一人きりになんてしないわ）

ラチェリアはブラッドフォードを抱きしめた。

しかしそんな二人の固い約束が、いとも簡単に破られる出来事が起きた。ラチェリアが父ウィリアムと共に、大国ユヴァレスカ帝国に行くことになったからだ。

理由は、ユヴァレスカ帝国で行われる戴冠《たいかん》式に出席するためだが、もうひとつ。亡きラチェリアの母イライザの腹違いの妹、ミシェルの結婚式に参列するためだ。ミシェルは実家と縁を切っているため、ウィリアムと義兄妹であることは公《おおやけ》にされていないが、ミシェルの結婚相手でウィリアムの友人であるジェイクス・ホーランドから招待され、二人は結婚式に参列することになったのだ。

ウィリアムとイライザがジェイクスと知りあったのは、二人そろってユヴァレスカ帝国の国立学院に留学していたとき。

ジェイクスのほうがウィリアムより二歳ほど年上だが、異国の薬草に興味があったジェイクスが、ガゼル王国の薬草について聞きたい、と話しかけてきたことがきっかけで、二人は友人関係になった。

あまり人づきあいが得意ではないジェイクスと、気難しいところがあるウィリアムだが、話をしてみると、意外にも二人は気が合った。そこに、天真爛漫《てんしんらんまん》なイライザが加わると、不思議なほど会話が弾み、三人はとても親しい関係になったのだ。

だから、ミシェルとジェイクスが結婚することになったのは、ウィリアムにとってうれしいことだし、今は亡きイライザのためにも、二人の結婚式には必ず参列したかった。

　しかし、それを聞いたブラッドフォードは、大きな瞳に涙を浮かべた。ユヴァレスカ帝国までは船で一か月以上もかかるうえに、結婚式と戴冠式に出席するため、帰国するのは五か月後になるのだ。

「少しのあいだだけ、あなたを一人きりにしてしまうわ」

「……仕方ないよ。ラチェには大切な用事があるんだから」

　そう言いながらブラッドフォードの瞳からこぼれた涙が、ぽたぽたと描きあがったばかりの絵の上に落ちていく。

「ブラッド！　ごめんなさい。あなたを一人にしないって約束したのに」

「大丈夫だよ……だって帰ってくるんだから。これっきりじゃないんだから」

　そうは言っても、五か月間一人で寂しさと恐怖に震える日々は、幼いブラッドフォードには耐えがたいものだ。

「ブラッド……」

　ラチェリアは、ブラッドフォードにつられて涙でぬれた瞳を拭ってから、持ってきたバッグの中から大きな箱を取りだした。

「なぁに、それ？」

　ラチェリアがニコッと笑ってブラッドフォードに手渡す。

「これをブラッドにあげる」

「僕に？」

「ええ。開けてみて」

ブラッドフォードはラチェリアを見つめて、それから自分の手の平より大きな箱の蓋をゆっくりと開けた。

「これは？」

「ブラッドへの手紙よ」

「僕に？」

箱いっぱいに入っている色とりどりの手紙は、すべてラチェリアがブラッドフォードに宛てて書いたもの。

「寂しくなったら、一日一枚読むの。一日に何枚も読んだらだめよ。すぐに終わってしまうから。たくさん書いたけど、五か月分は書けなかったの。だから、寂しくて泣きたくなったら読んで。泣く前に読むのよ。泣いちゃだめよ？　もっと寂しくなるから」

「……僕はそんなに泣き虫じゃないよ」

ブラッドフォードは少し顔を赤くした。

「そうね。あなたは泣き虫じゃないわ。とっても強い子よ。でも、誰でも寂しくなると泣きたくなるものよ。そんなときは我慢せずに手紙を読んで」

「……うん。ありがとう」

箱いっぱいに詰めこまれた手紙が、ブラッドフォードには五か月分よりもっとたくさんあるように見えた。だけど、実際には二か月にも満たない量だった。

ラチェリアが出立《しゅったつ》した日には、すでに寂しくなって手紙を一枚読んだ。寂しくて寂しくて、毎日一枚ずつ読んでいたら、二か月もたたないうちに全部読んでしまった。だから、一度読んだ手紙をすべて箱に戻して、もう一度その手紙を読むことにした。毎日一枚、ときには約束を破って三枚読んだこともある。何度も読んで、内容を覚えてしまうくらい何度も読んで。だから、寂しかったけど泣かなかった。手紙の最後には必ず、『いつもあなたのことを思っています』と書かれていたから。

「僕だって、いつもラチェのことを思っているよ」

ブラッドフォードはそう言って、手紙を丁寧に箱にしまった。

❋　❋　❋

一か月以上の船旅を終えてユヴァレスカ帝国に着き、船を降りたラチェリアは、港の賑《にぎ》わいに感嘆《かんたん》の声を上げ、その瞳をキラキラと輝かせた。

初めての船旅は決して楽なものではなかった。大きな船だったが、時としてまるで小舟のように波に弄《もてあそ》ばれ、何度となくトイレに駆けこんだ。雲ひとつない晴れわたった空から降りそそぐ日の光は、じりじりと焼けるような暑さで、部屋に閉じこもる日々が続くこともあった。

しかし、苦労してたどり着いたユヴァレスカ帝国は、そのすべてを忘れてしまうくらい魅力的な国だった。

見たことのないものや、食べたことのない料理。いろいろな国の人たちや、いろいろな国の文化。港だけでもこの賑わいなのだから、帝都はどれほどのものだろうか。目的地であるモルガン領に向かう馬車の中で思いを馳《は》せれば、ドキドキと心臓が高鳴る。

しかし残念なことに、ラチェリアが帝都に行くことはない。それというのも、帝都で行われる戴冠式に、子どものラチェリアが出席することはできないからだ。そのため、ラチェリアはミシェルとジェイクスの結婚式に参列をしたあとは、ウィリアムが戴冠式から戻ってくるまで、ホーランド伯爵邸でウィリアムの帰りを待つことになっているのだ。

「すまないな、ラチェ」

ラチェリアを連れていけないことはわかっているのに、ウィリアムは何度も申し訳なさそうな顔をして謝った。

「お父さま。そんなに謝らないで。私、ミシェル叔母さまのお家に泊まることができてうれしいです」

初めて会った叔母は、薄れつつある母の面影を、鮮明《せんめい》に思いださせるほどよく似ていて、思わず「お母さま」と口をついて出てしまったほどだった。それにミシェルの夫となるジェイクスは、変わり者と聞いていたが、ラチェリアにしたら、珍しい話を聞かせてくれる面白い叔父さんだ。ウィリアムも久しぶりに気の置けない友人に会ったからか、とても穏やかな顔をしている。

こんな素敵な場所にいられるなら、父の帰りを待つくらい、なんてことはない。とはいっても、戴冠式にはジェイクスとミシェルも出席するため、屋敷には使用人とラチェリアだけになってしまうのだが。しかし、ホーランド邸の使用人たちも、とても親切にラチェリアと接してくれるから寂しくはない。それに、ここモルガン領は帝都の隣に位置するため、馬車なら一日で帝都までたどり着ける距離だ。

「心配しないで。それより私、一週間後に行われる、叔父さまと叔母さまの結婚式がとても楽しみです」

二人の結婚式は領内の大きな教会で行われ、そのあとは屋敷の庭でパーティーが開かれるのだそうだ。

「とても素敵なパーティーになるはずですわ」

ラチェリアは、一週間後に行われるパーティーを想像して顔をほころばせた。

そして結婚式当日。

ラチェリアのその言葉のとおり、ミシェルとジェイクスの結婚式は、幸せがあふれていた。

真っ白なマーメイドラインのドレスに身を包み、美しく輝いているミシェル。そして、そのミシェルを愛《いと》おしそうに見つめるジェイクス。今この瞬間、間違いなく二人はこの場にいる誰よりも幸せで、これから先も続いていく二人の時間には、笑顔があふれているのだと確信できた。

「とても素敵……」

新郎新婦だけでなく、彼らに祝福の言葉を贈る周りの人たちも皆、とても幸せそうな顔をしている。

ラチェリアはウィリアムを見あげた。ウィリアムもまた、亡き妻だけを永遠に愛しつづけると誓った人だ。

「ん？　どうした？」

ウィリアムがラチェリアの視線に気がついた。

「いえ……叔父さまと叔母さまがとても幸せそうで」

「……そうだな」

ウィリアムも眩《まぶ》しそうに二人に目をやった。

(私もいつか、こんな素敵な結婚式を挙げたいわ……)

その相手がブラッドフォードだったら。

そんな未来を想像すると、ラチェリアの頬は自然と緩《ゆる》んでいく。

ガゼル王国では女性が爵位《しゃくい》を継《つ》ぐことはできない。だから、ラチェリアが婿をもらって、爵位を継いでもらうしかないのだ。ブラッドフォードは、王族とはいえ後ろ盾も持たない四男。特別なことがない限り、王位に就《つ》くことはないはずだ。それに、侯爵であるパラタイン家ならつり合いもとれる。つまり、ラチェリアとブラッドフォードが結婚する未来は十分にありうる話だ。

「……リア、ラチェリア……」

「え？」

ウィリアムに呼ばれていることに気がついて、慌ててラチェリアは顔を上げた。

「ごあいさつをしなさい」

そう言われて、ようやく目の前に、黒髪に黒い瞳の少年が立っていることに気がついた。

「あ……！」

素敵な未来に夢中になって、すっかり自分の世界に入りこんでしまっていたラチェリアは、恥ずかしくなって顔が赤くなった。その様子を見た黒髪の少年がニコリと微笑《ほほえ》む。とても美しい面立ちで、女の子と言われても信じてしまいそうだ。

「初めまして。オリヴァーです」

(黒髪に黒い瞳は、ユヴァレスカ帝国の皇族だけが持つお色。ということは、この方は皇子殿下だわ！)

ラチェリアは慌ててドレスをつまんだ。

「大変失礼をいたしました。ラチェリア・パラタインと申します」

ラチェリアは深く膝を折り、何度も練習をしたカーテシーであいさつをした。

「そんなに改まらなくていいよ。今日はジェイクスとミシェルの友人として来ているんだから」

「友人……」

オリヴァーが、ジェイクスとミシェルの友人関係にあるなんて驚きだ。それにオリヴァーは自分の名を言っただけ。つまり、今日は皇子としての身分を気にしたくないということなのだろう。その証拠に、ウィリアムもオリヴァーが皇子であることを、ラチェリアに言う気はないようだ。

「彼らは僕の一番上の兄と親交があってね。僕も友達になったんだ」

オリヴァーの一番上の兄といえば、一か月後に戴冠式を控えている次期皇帝オルフェン。

(叔父さまと叔母さまの交友関係はどうなっているのかしら……？)

まさか皇族とつながりがあるとは。

「兄も今日の式に出席したがっていたんだけど、残念ながら参加できなくてね」

一か月後の戴冠式に向けた準備で、毎日忙しいことは容易《ようい》に想像できる。それに、次期皇帝が出席するとなると、警備などを厳重《げんじゅう》にしなくてはならないため、屋敷の庭でパーティーを開くことはできないだろう。それならオリヴァーはいいのか？　と言えばそうではないとは思うが。

ラチェリアがはたと気がついて周りをじっくり見れば、なるほど。ずいぶん離れた所に帯剣《たいけん》をした騎士がちらほらと見える。

「僕と一緒にケーキを食べない？」

「え？」

「ガゼル王国のことを教えてほしいんだ」

オリヴァーがそう言って、ラチェリアに手を差しだした。ラチェリアが驚いてウィリアムを見あげると、ウィリアムがうなずく。

「せっかくだからご一緒させていただきなさい」

その言葉にラチェリアの瞳がキラキラと輝き、少女らしい笑顔を浮かべた。

「よろしいのですか？」

「ああ」

ウィリアムはラチェリアにうなずいてからオリヴァーを見た。

「オリヴァー様、お願いしてよろしいでしょうか？」

「もちろんです。行こう」

「はい」

ラチェリアはオリヴァーの手を取って、デザートの並んだテーブルに向かった。

❋　❋　❋

ラチェリアが帰国をしてブラッドフォードのもとを訪れたとき、久しぶりにラチェリアの顔を見たブラッドフォードが泣きだしてしまい、ラチェリアもつられて泣いてしまった。二人はしばらく一緒に泣いて、それからラチェリアが作ったホットチョコレートを飲んだ。

ラチェリアはホットチョコレートを飲みながら、ユヴァレスカ帝国が素晴らしく栄《さか》えていて、見たことのないものがたくさんあったこと。いろいろな国の言葉を耳にして、語学の勉強に興味を持ったこと。ウィリアムの友達のジェイクスの結婚式が、とても素晴らしかったことなどを話して聞かせた。

「僕もいつか外国に行ってみたいな」

宮殿から出たことのないブラッドフォードは、想像することも難しい外の世界を思って呟《つぶや》いた。

「大きくなったら私と一緒に行きましょ！」

ラチェリアのその言葉に、ブラッドフォードはうれしそうにうなずく。

「うん！　約束だよ」

「ええ、約束。私たちはずっと一緒だもの」

そう言って二人は笑いあった。


それから数年。少しずつブラッドフォードの環境が変わっていった。

将来、新国王の臣下《しんか》として仕えるために、王子として必要な教育を受けさせるべきだ、というウィリアムの言葉を受けた国王は、ブラッドフォードに教師を付けることを許可した。ウィリアムは優秀な教師をブラッドフォードに付けた。

学ぶことが嫌いではなかったし、人と会えるのがうれしかったブラッドフォードは、勉強に夢中になった。

さらに、将来新国王の護衛として仕えるために、剣術も学ばせるべきだ、とウィリアムが国王に進言すると、国王はウィリアムが推薦する騎士を、ブラッドフォードの指南役にすることを許可した。

ブラッドフォードは、剣術を習えることがうれしくて、夢中で剣を振った。

こうして、新国王の臣として役に立つ人間に育てるために、というウィリアムの言葉のとおり、いつしかブラッドフォードは、文武両道《ぶんぶりょうどう》の優秀な男へと育っていったのだ。

もし、ブラッドフォードの母キャンベラが存命であれば、このような教育を受けることは叶わなかったであろう。力も金もないキャンベラにできることは、王妃の目に留まらぬように、息を殺して身をひそめることくらい。

皮肉にも、母を亡くしたことで、ブラッドフォードは王子としての教育を受けられるようになったのだ。

それからさらに数年。ラチェリアが十五歳になった年に、二人の関係が大きく変わる出来事が起こった。

第一王子と第二王子が相次いで病気で亡くなり、第三王子はすでに他国に婿入りをしていたため、第四王子であるブラッドフォードが王太子となったのだ。

もちろん、王太子になるにあたって、王妃からの妨害《ぼうがい》はあった。第五王子のアルフレッドは王妃の実の息子。当然王妃は、実の息子であるアルフレッドを王太子にしたい。後ろ盾もないブラッドフォードより、よほどアルフレッドのほうが王太子にふさわしいという声も多かった。

しかし、明暗を分ける大きな出来事により、ブラッドフォードとアルフレッドの立場は逆転する。

第二王子が陣頭指揮《じんとうしき》を執っていた鉱山の採掘《さいくつ》を、ブラッドフォードとアルフレッドのどちらが引きつぐかという話になったのだ。

しかしブラッドフォードは、今の状態でこれ以上の採掘をするべきではない、と一時中断と見直しを進言した。安全対策が十分に取られておらず、落盤《らくばん》の可能性があることを指摘したのだ。

もともと、第一王子と第二王子が王位を争い、功績を挙げるために第二王子が進めてきた事業。しかし無理に推しすすめていたこともあって、小さな落盤事故はこれまでに何度か起こっていた。そしてそのたびに、突発的で予測不可能なものだったとして問題にせず、安全対策の見直しなどは行われていなかったのだ。

それを知ったブラッドフォードは、専門家を呼んで地盤《じばん》調査をさせた。

その結果、今の状態で採掘を続ければ、将来大きな落盤事故が起こる可能性がある、との報告を受けた。しかし、いくらそれを進言したところで、力も後ろ盾もないブラッドフォードの言葉に、耳を傾ける者は少ない。

そして鉱山の採掘に関わってきた貴族たちは、ブラッドフォードの言葉を、亡き第二王子に対する冒涜《ぼうとく》だと非難し、アルフレッドが事業を引きつぐことを国王に進言した。さらに、王妃の実家でもあるシモンズ公爵が、アルフレッドに全面的に協力をすると約束したことにより、採掘事業はアルフレッドに引きつがれることになったのだ。

しかし、アルフレッドが鉱山の採掘事業を再開して、一か月もしないうちに、落盤による大事故が発生した。しかもブラッドフォードが予想していたものより、ずっと大きな落盤事故だった。

それによる人的被害や、経済的被害はかなりのもの。当然、指揮を執っていたアルフレッド、王妃やその実家、採掘事業を推しすすめることに賛成した貴族たちの責任は重い。

しかし事故についての責任は、これまでの事故を報告してこなかった前任の第二王子と、一緒に事業を進めてきた貴族たちにある、と言って、アルフレッドはその責任をすべて自分以外の人間に押しつけ、採掘作業をして命を落とした作業員たちの家族に背を向けた。

反対にブラッドフォードは、採掘事業の完全中止を国王に進言し、遺族への金銭的補償の財源を確保し、採掘事業に代わる新しい事業を提案した。そのときブラッドフォードに力を貸したのはパラタイン侯爵。

結局、ブラッドフォードの進言に耳を傾け、事業の見直しをすれば、このようなことにはならなかった、との批判が大きくなり、ウィリアムの助力もあって、ブラッドフォードが王太子となったのだ。

落盤事故で力を尽くしたブラッドフォードは、平民からの人気も高い。それにブラッドフォードはかなりの美丈夫《びじょうふ》だ。

王族特有の銀色の髪は艶やかに輝き、深い海のように青い瞳は、宝石に例えられるほど美しい。くっきりとした目鼻立ちと上品な唇。長身に引きしまった体躯《たいく》のブラッドフォードは、王太子として人前に姿を現すようになると、すぐに令嬢たちの心をわしづかみにした。

自分の娘を婚約者にしたい貴族たちが、こぞってブラッドフォードに擦《す》りよりはじめたのは言うまでもない。

しかし、ブラッドフォードがラチェリア以外の令嬢と親しくなることはなかった。

❋　❋　❋

ブラッドフォードが王太子となってから半年。ラチェリアとブラッドフォードは、今も人目を避けるようにして会っている。

王太子となっても、ブラッドフォードの地位はいまだ盤石《ばんじゃく》とは言えず、いつ奈落《ならく》に落ちていくかもわからない、脆《もろ》い紐で渡された橋の上を歩いているようなもの。もちろん、ジェレミアはアルフレッドを王太子にすることを諦めてはいない。だからこそ、今まで以上に注意を払わなくてはならないのだ。

「すっかり遅くなってしまったわ」

ラチェリアは、宮殿内で最も広い敷地を誇る、王妃の庭園の横の園路を進み、アザミの宮を目指している。

ブラッドフォードが王太子となって居を移して以来、アザミの宮に誰かがやってくることはほとんどないため、二人は時間を見つけてはアザミの宮で落ちあって、短い時間を一緒に過ごしていた。

王妃自慢の庭園は、白や紫の花が咲きみだれるライラックの生垣《いけがき》に囲まれ、中の様子をうかがい知ることはできない。しかしそれは、外の様子を知ることもできないということだ。そしてライラックの生垣は、ラチェリアの姿を上手に隠すことができた。

ふと目の端に人影。ラチェリアが慌ててその身を木の陰に隠し、こっそりと顔を出すと、庭園の入り口に王妃ジェレミア。

もし、ラチェリアがジェレミアの庭園近くを歩いていると知られれば、どんな問題に発展するかわからない。ラチェリアはジェレミアの姿が見えなくなるまで、その場を動くことができなくなってしまった。

「あの方は……？」

木の陰から様子をうかがっていたラチェリアが、ジェレミアの横に立つ令嬢に気がついた。

(王妃殿下の庭園に、頻繁《ひんぱん》に招待されている令嬢がいると聞いたことがあるけど、もしかしてあの方が？)

すらりとした長身で、艶《あで》やかなゴールドブラウンの髪に、茶色の瞳と白い肌。大きく切れ長の瞳には艶《つや》っぽさがあり、美しいと評判のアラモアナ・ラズヒンス侯爵令嬢。十二歳のときに隣国フレムド王国に留学をし、帰国して社交界にデビューした途端、求婚が殺到したとか。

王妃ジェレミアは、その美貌もさることながら、話題が豊富で物怖《ものお》じしないアラモアナを気に入り、宮殿内にあるジェレミアが所有する特別な庭園に、アラモアナをたびたび招待していると聞いた。

（ここからではお顔は見えないわね）

その後ろ姿からは、令嬢が誰であるかを断定することはできないが、アラモアナである可能性は高そうだ。

すると、庭園の入り口に男性の人影が見えた。

「あの方は……？」

ジェレミアと令嬢が来るのを待っていたようだ。男性はすっと手を令嬢のほうに伸ばし、令嬢は慣れたようにその手を取って庭園に入っていった。その様子を見ているジェレミアも満足そうな笑みを浮かべている。

（……今の男性は、アルフレッド殿下かしら？）

ラチェリアはふと、アルフレッドの顔を思いだした。

婚約の打診を断ったこともあって、ラチェリアに対していい感情を持っていないアルフレッドは、ラチェリアと顔を合わせても、睨みつけるか、無視をするかだ。

「今のお二人が、アルフレッド殿下とアラモアナ様なら、もしかして結婚をお考えなのかしら？」

ジェレミアがアラモアナを気に入っているのなら、その可能性は十分にある。

「なんて、決めつけてはだめね。第一、お二人のお顔を見たわけではないのだから。……あ、急がないと」

ラチェリアは、周囲に人がいないことを確認して、再び園路を歩きはじめた。

ブラッドフォードは一人、ラチェリアを待ちながら本を読んでいた。そこへ少し息を切らせてやってきたラチェリア。

「ブラッド」

「ラチェ！」

ラチェリアの声がして振りかえったブラッドフォードは、輝かんばかりの笑顔。

「遅いから心配したんだ」

「ごめんなさい」

ラチェリアがブラッドフォードの横まで来て、木陰の下に敷かれた敷物の上に腰を下ろした。

「途中、庭園の入り口でジェレミア様をお見かけしたものだから」

「え？　大丈夫だった？」

「ええ。見つからずにここまで来たわ」

その言葉にブラッドフォードはほっと小さく息をついた。もしジェレミアに見つかれば、二度とこうして会うことはできなくなるかもしれない。

「喉が渇いてしまったわ」

今日は日差しが強く、急ぎ足でここまで来たこともあって、ラチェリアの体は少し汗ばんでいた。

「そう言うだろうと思って、こっそり果実酒を持ってきたよ」

ブラッドフォードが、いたずらっ子のような顔をして、瓶に入った果実酒をラチェリアに見せた。

「……それはうれしいけど、どうやって飲むの？」

「……あ」

厨房の横にある倉庫からこっそり持ってきて、ばれないように急いでここまで来たから、カップのことまで考えなかった。

「もう、ばかね」

そう言ってラチェリアがクスクスと笑う。そして、自身のバッグの中から木で作られたカップをふたつと瓶を取りだした。

「フフフ、実は私も一本持ってきたの。とはいっても、私が持ってきたのは果実水だけど」

そう言ってカップに、ライムの果実を搾った果実水を注いで、ひとつをブラッドフォードに渡し、ひとつを自分で飲みほした。

「あぁ、おいしい」

そんなラチェリアを、ニコニコしながら見つめるブラッドフォード。

それから二人は、たわいない話をして、少し愚痴を言って、励まし励まされ、笑いあって。

ブラッドフォードにとってラチェリアは、孤独の中にあってただ一人の大切な存在。何者にも代えることができない唯一の存在なのだ。そして、これまでもこれからも、二人はずっと一緒なのだと思えることがうれしかった。

それから半年がたったある日。運命の出会いは突然やってきた。

宮殿内にある図書館はとても広く、所蔵《しょぞう》されている本は多岐《たき》にわたる。分類された本は大まかに四種類に分けられ、それぞれのエリアには季節の名前が付けられていた。例えば芸術に関するものは春の間、といったふうに。

また、書架はすべてがきれいに配列されているわけではなく、場所によっては意図せず小さな部屋のような作りになっているなど、建物の構造上仕方なく、入り組んでいる場所がところどころにある。そのため、居場所もわからないまま人を探そうとすると、かなりの時間を要することにもなりかねないのだ。

ブラッドフォードは空いた時間には必ず、歴史や地理、教養などに関する本が集められている夏の間に来ていた。数冊の本を手にすると、決まって向かう場所は、書架で囲まれていてめったに人がやってこない、ブラッドフォードが私的空間であるかのように過ごしている、秘密基地のような場所。

そして、その場所でブラッドフォードは運命の人と出あった。

そのときもブラッドフォードは、数冊の本を横に置いて床に座りこみ、真剣な顔をして聖典に書かれた一節を書きうつしていた。すると、突然聞こえた何かがぶつかるような音と、「あっ」という女性の声。それに気がついて、顔を上げたブラッドフォードの目の前には、艶やかなゴールドブラウンの髪を揺らす茶色の瞳の美しい令嬢。その細い腕に抱えている分厚い本には見覚えがある。

(まさかあの本を令嬢が読んでいるのか?)

それは最近、新たに発見された事実をもとに書かれた歴史書。

「ごめんなさい。人がいるなんて思わなくて」

令嬢は慌てて頭を下げ、その場を去ろうとする。

「待って!」

ブラッドフォードは立ちあがって、思わずその細い腕をつかんでしまった。

「えっ?」

それに驚いた令嬢は、腕に抱えていた本を落とし、図書館に大きな音が響く。

「ご、ごめん!」

「い、いえ!」

静かな図書館にはふさわしくない、少し大きめの声に、二人は思わず辺りを見まわし、それから顔を合わせてクスクスと笑いあった。

「僕はブラッドフォード・フロム・アストリア。君は?」

「初めてお目にかかります。ラズヒンス侯爵家が長女、アラモアナと申します」

深く膝を折ったカーテシーはとても美しい。

「ラズヒンス侯爵の……」

(なるほど。王妃の寵愛《ちょうあい》を受ける令嬢とは彼女のことか)

宮殿内の図書館は、誰でも簡単に入れる場所ではない。しかし、ジェレミアと親しくしている令嬢なら、問題なく入館の許可を得ることができるだろう。

もともとジェレミアに嫌われていたブラッドフォードだったが、王太子となったことでますます疎《うと》まれ憎まれるようになった。そのジェレミアと懇意《こんい》にしている令嬢であるアラモアナを、ブラッドフォードが警戒しないわけがない。

しかしそのアラモアナは、ブラッドフォードが読んでいた聖典に興味を示し、腕に抱えた歴史書の一文について疑問を投げかけ、ブラッドフォードとは違う考えを口にした。

「私はあの聖戦を、もっと違う形で終結するべきだったと考えています」

ガゼル王国の国民の九割が信仰しているロセオル教は、魂がロセオル神の御許《みもと》に旅立つと、その魂の穢《けが》れが浄化され、小さな妖精となって神の世界で静かに暮らすと言われている。しかし、隣国フルーラ王国の国民の多くが信仰するマカラン教では、死したのち、その魂は新しい体に入って生まれかわるとされているのだ。

フルーラ王国からの移民が多い東のバッフェ領は、移民の影響でマカラン教を信仰する者が多く、およそ六百年前、領内でロセオル教を是とする人々と対立し、そこからフルーラ王国を巻きこんでの宗教戦争が勃発した。それをアラモアナは聖戦と称した。

「我が国にはロセオル神がいらっしゃるのに、ほかの神を信仰するなんて私には考えられません」

アラモアナは死を不浄のものと考えていて、死した魂が再び肉体を得る、という考え方は野蛮だと言う。

「確かに、我が国の国民の多くが信仰するロセオル教の考えとは相違《そうい》があるけど、当時の神殿の判断は間違っていないと僕は思っている」

多くの死者を出した宗教戦争は、結局マカラン教の信仰を認めることで終結した。

これ以上争いを続ければ、バッフェ領は壊滅状態となり、フルーラ王国との関係もますます悪化していく。マカラン教と争うことは、両国にとって不利益でしかないと判断した当時の神殿は、国民の不満を抑えこみ、マカラン教の信仰を認め終戦を宣言したのだ。

「信仰する宗教が隣人同士で違えば、再び争いが起こりますわ」

「その可能性がないわけではないが、昔と今では人々の考え方も違う。同じ過ちを望まない人も多いはずだ」

「でも、皆が同じ神を信仰すれば、少なくとも過去の過ちを繰りかえすことはありません」

「……そういう考えもあるな」

ブラッドフォードが、思案しながらゆっくりとうなずいた。その様子を見たアラモアナがはっとしたように口元を隠し、慌てて頭を下げた。

「も、申し訳ございません。浅慮《せんりょ》な私の言葉など、どうかお忘れください」

下を向いたアラモアナの顔が赤い。

ブラッドフォードがロセオル神を信仰していても、ガゼル王国以外の国が信仰する神を否とすることなどあってはならない。それは国内においても同じ。それに国を治める立場となるブラッドフォードが偏った考え方をすれば、間違った方向へと国を導くことになりかねない。

しかし、己の主観だけで物事を判断してはならない、と教えられてきたからこそ、ブラッドフォードにはアラモアナの直情的な考え方が新鮮だった。

それに、アラモアナは決してラチェリアのように完璧ではなかった。というより、ラチェリアは完璧すぎて隙がない。対してアラモアナは、留学していたこともあって、その知識に未熟な部分がある。それを自覚しているアラモアナは、至らない知識を補《おぎな》うためにこうして勉強をしていると言う。

しかし実は、アラモアナのように自主的に歴史や時世を学ぶ令嬢は少ない。なぜなら、ガゼル王国においては、女性が深く政治的知識を得ても、その知識を生かす場所などほとんどないからだ。そのため、女性の多くは政治を学ぶより美しさに磨きをかけたり、刺繍《ししゅう》の腕を磨いたり、おいしい紅茶やお菓子を手に入れることに力を入れている。

事実、ブラッドフォードが知る限り、自分と時世や政治、異国についての話ができる同年代の女性はラチェリアくらい。しかしアラモアナは、学ぶことに無駄ということはありません、と瞳を輝かせた。

それからアラモアナは、頻繁にブラッドフォードの秘密基地に顔を出すようになった。

アラモアナはほかの令嬢のように、ブラッドフォードに上目遣いの甘ったるい視線を向けることも、わざとらしくしなだれかかることもない。それどころか、ブラッドフォードがアラモアナの豊かな表情に見いって、はたと自分の鼓動がありえないほど速くなっていることに気がついたほど。

いつしかアラモアナに対する警戒心はどこかに消え、ブラッドフォードはすっかりアラモアナに夢中になり、あっという間に二人は恋に落ちた。

そして、ブラッドフォードがアラモアナを一番に紹介した相手はラチェリア。

ブラッドフォードが、二人の秘密の庭園にアラモアナを連れてきたとき、ラチェリアは何がなんだかわからずに呆然《ぼうぜん》としていた。

「ラチェ、こちらはアラモアナ。僕の大切な人だよ。仲良くしてやってくれ」

早鐘《はやがね》を打つラチェリアの心臓の音は、誰かに聞こえてしまうのではないかと思うほど大きい。

(うそ。うそだと言って。お願い、そんなふうに笑わないで)

手が震えて喉の奥が痛い。それでもラチェリアは、美しい笑顔を張りつけたまま、心の声とは反対の言葉を口にした。

「まあ、ブラッドったら！　いつの間にこんなに素敵な方をつかまえたの？　私、全然知らなかったわよ」

ラチェリアの精一杯の明るい声は、二人の顔を赤く染めさせることに成功し、ラチェリアの涙を寸前で止めることに成功した。

「ハハハ、ごめん。でも、ラチェに一番に報告したんだから許してよ」

ブラッドフォードは、アラモアナの腰から手を離すこともなく、見つめあい微笑みあう。

「宮殿のことはラチェのほうが詳しいだろ？　だからいろいろと教えてあげてほしいんだ」

そう言って屈託《くったく》なく笑うブラッドフォード。

自分の存在のすべてが真っ黒な闇に飲みこまれそうな、そんな絶望を感じながら、それでも倒れまいと、ラチェリアは両足に力を入れた。

「フフフ、任せてちょうだい。アラモアナ様、どうぞよろしくお願いいたします」

ラチェリアの笑顔を見て、アラモアナはほっとしたように笑った。

「私こそ、ラチェリア様にそうおっしゃっていただけて、とても心強いです。どうかよろしくお願いいたします」

アラモアナは輝かんばかりの笑顔をラチェリアに向け、それからブラッドフォードを見て互いに微笑みあって。

ラチェリアの心臓が、締めつけられるように軋《きし》む。それでも、二人を見つめるラチェリアの笑顔が崩れることはなかった。

それからしばらくして、ブラッドフォードの婚約者候補が決まった。

王太子の婚約者候補を決める時期としては、ずいぶん遅かったが、もともとブラッドフォードは離宮の隅に追いやられていた存在で、王太子になるとは誰も思っていなかった。当然のように、婚約者もいない。そのため、十七歳になる手前でようやく婚約者候補が決まったのだ。

選ばれた令嬢は三人。アラモアナ・ラズヒンス侯爵令嬢。ラチェリア・パラタイン侯爵令嬢。マレーナ・グライドン伯爵令嬢。

しかし、ブラッドフォードの恋人がアラモアナであることは周知《しゅうち》の事実。誰もが、アラモアナをブラッドフォードの婚約者として扱い、ラチェリアとマレーナをスペアとして扱った。

三人の令嬢たちは、知識、マナー、ダンス、刺繍のどれをとっても完璧で、それでもアラモアナが微笑めば誰もが心をつかまれ、アラモアナを褒めたたえた。

そのうち、マレーナは王太子妃教育の場に姿を見せなくなった。心配したラチェリアの耳に入ってきたのは、マレーナが婚約者候補を辞退《じたい》したという話。

王太子妃には、数人の候補者の中から、最もふさわしい令嬢を選ぶ、という決まりがあるため三人の令嬢が選ばれたが、それは法にのっとったにすぎない。

もともとアラモアナがいる限り、自分には縁のない立場。いつまでもそれに縋《すが》りつくのは、マレーナのプライドが許さなかったのだろう。本来なら、婚約者候補を辞退するなど許されることではないが、国王もアラモアナを婚約者と認めているため、惜しむような顔をしながらもあっさりとそれを許し、マレーナに数人の婚約者候補を紹介した。美しく優秀で、王太子妃候補として教育を受けたマレーナが、引く手あまたであることは想像に容易《たやす》い。ある意味、一番いい選択だ。ラチェリアはそれを、身をもって知ることになる。

ブラッドフォードの婚約者候補になった令嬢たちは、これまで身につけてきた教養以外に、国政や国交などの政治的知識、外国の文化や言語など多くのことを学ばなくてはならなくなる。それに、王太子とも良好な関係を築いていかなくてはならない。

そして、その良好な関係を築く場のひとつとして設けられているのが、宮殿内で行われる定期的なお茶会。候補者に平等に割りあてられたもので、互いの人となりを知り、親交を深めるための重要な場なのだ。

そのお茶会のために用意された部屋で待つラチェリアが、ノックの音を聞いて振りかえると、開いたドアの先にはブラッドフォードと、その腕に自分の手をかけてエスコートをされるアラモアナが見えた。

ラチェリアの顔から一気に血の気が引き、大きく心臓が跳ねあがる。

「アラモアナ様……？」

「やぁ、ラチェ」

「ブラッド。どうしてアラモアナ様が？」

「アナも同席させてもらいたくて」

（……な、ぜ？）

そのまま立たせているわけにもいかず、二人を部屋に招きいれたラチェリア。二人は招きに応じて入室し、三人掛けのカウチに並んで座った。

「せっかくだから、二人にもっと仲良くなってもらいたいんだ」

「私と、アラモアナ様がですか？」

「ああ」

ブラッドフォードは悪びれる様子もなく微笑んだ。

（仲良くなってほしいからって、何もお茶会に連れてこなくてもいいのに）

このお茶会は婚約者候補が平等に与えられた、王太子と親睦《しんぼく》を深めるための大切な時間。ラチェリアとブラッドフォードが二人きりで過ごす貴重な時間なのだ。二人は当然それを知っているはずなのに。

「ラチェリア様、ごめんなさい。私がブラッドに、寂しいなんて言ってしまったから」

申し訳なさそうな顔をするアラモアナを見て、怒りが湧かないわけではない。正直に言えばブラッドフォードにだって腹は立っている。それでも、ラチェリアがその感情を表に出すことはない。貴族としての矜持《きょうじ》はもちろんだが、何より自分はブラッドフォードの友人で、ブラッドフォードの恋を応援する立場。

「いえ……お気になさらないで……」

(でも、一週間のうちのたった一、二時間くらい、私のために使ってくれてもいいのに……)

そんなラチェリアの気持ちに気がつかない二人は、互いの手を握り、穏やかな笑みを浮かべた。ラチェリアは、自分の手をぎゅっと握りしめた。

(……そんなこと、言えるわけがないわ)

「ブラッドも、できる限り私との時間を取りたいと言ってくれて」

アラモアナは恥ずかしそうに頬を染めた。

「ラチェリア様とのお茶会に、ご一緒させていただけてとてもうれしいですわ」

「……私も、うれしいです」

アラモアナが花のような笑顔で言えば、ラチェリアはそう返すことしかできない。

好きな人と少しでも一緒にいたいと思う気持ちは、ラチェリアにもよくわかる。

(でも、なぜなの？　なぜ……)

しかし、暗く沈んだラチェリアの心に、さらに追いうちをかけるアラモアナの無情な言葉が響く。

「ぜひこれからも、ラチェリア様とのお茶会にご一緒させてください」

「……え？」

（これ、からも……？）

ラチェリアは、心の中を徐々に侵食《しんしょく》していく虚無《きょむ》の闇に飲まれまいと、笑顔を張りつけ、ドレスを握りしめて、「……ええ、ぜひ」と絞りだすように言葉を音にした。

「ありがとう、ラチェ。僕もアナとラチェが仲良くしてくれてうれしいよ」

ラチェリアの好意に、素直に感謝の言葉を告げるブラッドフォード。友人に向けるにふさわしい屈託のない笑顔からは、悪気など一切感じられず、ただ二人の友情に感謝をしていることがわかる。だからラチェリアも、大切な友人に、わずかな嫉妬も恋情も見せないように笑うしかないのだ。

「フフフ、私もアラモアナ様と仲良くなれたらうれしいわ」

ラチェリアがそう言うと、アラモアナはぱっと顔を輝かせて、とても素晴らしいことを思いついたかのように胸の前で手を叩いた。

「そうですわ。私たちせっかくこうして仲良くなれたのですから、これからもぜひラチェリア様には私のそばにいてほしいわ！」

「……ええ、もちろん」

（お友達ということかしら？）

「うれしいわ！　私、ラチェリア様に、私の侍女になっていただきたいの」

「……え？　侍女……？」

「ねぇ、ブラッド。とてもいい考えだと思わない？　ラチェリア様は宮殿内のことにもお詳しいし、適任じゃないかしら」

「そうだね。ラチェがいてくれたら、アナは安心できるし、僕も心強いよ」

「ブラッド……」

　誰もが王太子妃になるのは、アラモアナだと思っていることはわかっている。しかし、いくらこのような私的な空間であったとしても、まだ決定してもいないことを口にしてしまうのはどうなのだ。それにラチェリアも、アラモアナと同じ婚約者候補だ。

（軽率《けいそつ》な発言だわ。以前のブラッドなら、アラモアナ様をたしなめたはずなのに）

　自分の立場や周りの視線にとても敏感だったブラッドフォードは、それこそ神経質なくらいに注意深く周りを見ていた。しかし、今のブラッドフォードは、慎重さに欠けるどころか、周りが見えなくなっているようにさえ感じる。それに、ラチェリアに対する関心も、以前ほどではない。

　ラチェリアの心が、真冬の湖のように少しずつ氷に覆《おお》われていく。

「ね？　ラチェリア様。とても素敵なお話でしょ？　私が王太子妃になったら、友人として侍女として支えてくださらない？」

「……」

「僕からもお願いするよ」

（いったいなんの話をしているの、この人たちは……！）

もし、耳を塞《ふさ》ぐことができたら、この場を逃げだすことができたら。

しかし、そんなことができるはずもなく、永遠に続くのではないかと思えるほどの空虚《くうきょ》な時間は、ラチェリアに十分な苦痛を与えた。アラモアナはブラッドフォードに体を向け、まるで二人きりの空間であるかのように話に夢中になり、思いだしたようにラチェリアに相槌《あいづち》を求めた。それに対して、張りつけた笑顔で短く返事をするラチェリア。

こんな惨《みじ》めな時間を過ごすくらいなら、お茶会をキャンセルしてくれたほうがましだった。

（そう言えたらどれほど楽になれるかしら）

そして、ブラッドフォードは、ラチェリアの悲痛な思いに気がつかない。

それは王太子妃候補として出席するパーティーでも同じだった。ラチェリアは一度もブラッドフォードにエスコートをされたことがない。

「親友の君ならわかってくれるだろ？」

顔をクシャッとしてそう言われたら、「仕方がないわね」と笑って、アラモアナに譲ってあげることしかできないではないか。

ラチェリアをエスコートするはずのパーティーで、アラモアナの手を取るブラッドフォード。

その後ろ姿を見つめるラチェリア。

周りの人たちも何も言わない。それが婚約者候補者の中で、一人の令嬢だけを特別に扱っているとわかっていても、未来の王太子妃なのだから、と言ってしまえばそれまでだ。ここで余計なことを言って無用な波風を立てる必要などないのだから。だとしても、だ。

「いくらなんでも酷《ひど》いわよね」

(友人だからって、なんでも許してもらえると思っているなんて)

パーティーで入場する際、ブラッドフォードとエスコートをされている婚約者候補。そして、その後ろに、ほかの候補者が続く。ラチェリアはいつも後ろに続く候補者だった。

ラチェリアは思わず笑ってしまった。その瞳には涙が滲む。

「辞退、かぁ」

脳裏《のうり》をかすめるその言葉は、諦めなくてはいけない、と誰よりもわかっているラチェリアにとって、これまでの時間をすべてなかったことにするくらい恐ろしいものだ。

だから、何度も父ウィリアムが、婚約者候補を辞退しよう、と言ってきても、それを受けいれることができなかった。ウィリアムが、怒りのあまり「あの小僧が!」と恐ろしい形相《ぎょうそう》をして壁を殴っても、「お父さま、心配しないでください」と笑ってその話をおしまいにした。

いつの間にかブラッドフォードがラチェリアの中心にいた。彼のためにできることはなんでもした。

ブラッドフォードの命を守るために、ウィリアムに懇願して、キャンベラと一緒に住んでいた北の離宮から、アザミの宮に居を移すようにお願いをした。

知識を身に付けて、生きのこる術《すべ》を手に入れさせるために、教師を付けてあげてほしいとウィリアムに頼んだ。

剣が使えれば、奇襲《きしゅう》を仕掛けられても生きのびられるかもしれない、と剣を習えるように取りはからってほしいとウィリアムを説得した。

すべてはブラッドフォードを守るためだった。その結果、ブラッドフォードを王太子にまで押しあげることになるとは思わなかったが。

「でも……私の役目はここまでなのだわ。あとは、アラモアナ様と結婚をして、幸せになるだけよ」

ラチェリアは、空を見あげて大きな溜息をついた。どれだけ諦めようと心に決めても、ウィリアムに辞退する、と伝えることができない。

思い出に縋り、いつか自分のことを一人の女性として見てくれるかもしれない、と淡い期待を抱いて頑張ってきた。でも、もう限界だ。決してブラッドフォードの瞳に、ラチェリアが恋愛の対象として映ることはない。

どんなに長い時間を一緒に過ごそうとも、ブラッドフォードにとってラチェリアは友人以外の何者でもないのだ。

「恋は盲目《もうもく》、かぁ」

どんなに惨めでも絶対に涙は流さない。それはラチェリアの意地だ。だから、ラチェリアを同情の目で見る人たちや、必死にしがみついて、と笑う人たちを見ないようにして、前だけを向いた。

「私、けっこう頑張ったんだけどな」

マレーナのように潔《いさぎよ》く辞退できるなら、これほど苦しい思いをすることもないのに。誰もがアラモアナを王太子妃と認めているのに、婚約者候補という肩書きに縋りつく価値がどこにあるというのだ。

「うん、諦めよう」

（一週間後にはお父さまが視察から帰ってくるわ。そのときに辞退すると伝えよう。……もう潮時《しおどき》だわ）


父ウィリアムが帰ってくる二日前。

「なんですって？」

急に飛びこんできた知らせに、ラチェリアは悲鳴に近い声を上げ、顔面が蒼白《そうはく》になった。

「ブラッドが襲われた？」

剣の訓練場で休憩をしていたブラッドフォードが、うたた寝をしていたところを刺客《しかく》に襲われたという。そのとき、その場にはアラモアナしかおらず、護衛も遠ざけていた。

理由は、アラモアナと二人きりで過ごしたい、とブラッドフォードが言ったからだとか。

剣の鍛錬《たんれん》で疲れたのか、アラモアナの膝枕でうたた寝をしていたところを刺客が襲いかかり、すんでのところでブラッドフォードが目を覚まし、難を逃れたと聞いたとき、ラチェリアに怒りが湧いた。

「なんてばかなことを。彼には王太子としての自覚はないのかしら？」

ブラッドフォードは次期国王だ。護衛を遠ざけるなど、軽率な行動以外のなにものでもない。宮殿内に危険などあるはずがないとでも思っていたのか？　アラモアナは何も言わなかったのか？

ラチェリアは急いで身支度を整えて宮殿に向かった。普段よりよほど速く走らせ、馬車がいつもより激しく揺れているのに、もっと速くならないの？　と聞きたくなってしまう。

（早く着いて、早く！）

宮殿に着くと、ラチェリアは早足でブラッドフォードのいる執務室に向かった。人々が慌ただしく行きかい、宮殿内が騒然としていることから、いまだに収拾がついていないことがわかる。

「ブラッド！」

ラチェリアが乱れた呼吸のまま、ブラッドフォードの執務室に飛びこむと、腕に包帯を巻いたブラッドフォードがソファーに座っていた。

「なんてこと！」

まさかケガをしていたとは。

「大丈夫なの？」

ラチェリアは早足でブラッドフォードの前まで行き、跪《ひざまず》いてその腕を見た。

「ラチェ、心配をかけたね。でも大丈夫だ。腕を少し斬られただけだから」

「大丈夫なわけがないじゃない！　一歩間違えれば、命がなかったかもしれないのよ！　ばか！」

「ハハハハ、ばかは酷いな」

つい立場を忘れて軽率な言葉が口をついて出てしまった。

「ご、ごめんなさい。私ったら」

「いいんだ。ラチェは僕を心配してくれているんだから」

「当たり前でしょ。あなたは大切な御身《おんみ》なのよ。もっと自覚を持って」

涙を浮かべるラチェリアの頬を、ブラッドフォードが優しく触れた。

「ありがとう。これからは気をつけるよ」

ラチェリアはその優しい手に自分の手を重ね、ブラッドフォードの温《ぬく》もりを感じた。

（本当に無事でよかった……）

「ブラッド……」

（あっ！）

ラチェリアは、自分の背後から聞こえた声に気がついてはっとした。

（私ったら、なんてことを……！）

ラチェリアが慌てて立ちあがり振りかえると、そこにいたのはアラモアナ。事件のことを聞いて心配をした王妃ジェレミアに呼びだされていたが、ちょうど戻ってきたのだ。

「アラモアナ様……」

「……」

アラモアナは蒼《あお》い顔をしてうつむいている。きっと、とても恐ろしい思いをしたのだろう。手はわずかに震え、今にも倒れてしまいそうだ。

「アナ、こっちにおいで」

ブラッドフォードが優しく声をかけると、アラモアナはほっとしたような顔をした。そして走らんばかりの早足でブラッドフォードのもとに向かおうとしたとき、一瞬ラチェリアと目が合った。

「……え？」

それはあっという間の出来事で、目が合ったのも一瞬。

（……いま？）

アラモアナの顔がゆがみ、睨みつけているかのようにその瞳が鋭く見えた。

（……いいえ、勘違いよ。たまたまそう見えただけだわ）

こんな恐ろしい事件が起こったあとだ。恐怖に顔が強張《こわば》ってしまうのは当然のことだろう。

「……」

ブラッドフォードの首に腕を回したアラモアナと、それを抱きしめるブラッドフォード。震えるその背中を優しくなでながら、耳元で何かをささやき、アラモアナは何度も小さくうなずいている。

（……こんなときでも、仲睦《むつ》まじい二人を見せつけられないといけないのね）

ラチェリアはギュッと手を握りしめたまま、ただ二人を見つめていることしかできなかった。

「……ブラッド」

絞りだすようなラチェリアの声。

「ああ」

ブラッドフォードはアラモアナを抱きしめたまま、顔をラチェリアに向けた。

「あなたの無事も確認できたし、私は屋敷に帰ります」

「悪かったね、心配をかけて」

「本当よ。もう二度とこんな思いをさせないでね」

「ハハハ、わかっているよ」

「……」

ラチェリアの心配をよそに、ブラッドフォードは屈託のない笑顔だ。

「アラモアナ様」

ラチェリアの言葉にようやくアラモアナが顔を上げ、ラチェリアのほうを向いた。

「さぞ、恐ろしい思いをなさったと思います。どうぞ、お心を強くお持ちください」

ラチェリアがそう言うと、アラモアナは頼りなげな笑みを浮かべた。

「はい、お気遣いありがとうございます」

ラチェリアは丁寧に頭を下げ、静かに部屋を出た。

これ以上あの部屋にいれば、嫉妬や空《むな》しさで、笑顔を取りつくろうこともできなくなってしまう。

「彼らに対してこんな感情を抱くなんて」

そんな自分に婚約者候補の資格なんてあるはずがない。

(早く辞退しないと)

こんな醜い感情を持っていることを知られてしまう前に。

「婚約者候補を辞退したからといって、約束を破ったことにはならないわよね?」

そう呟いてから溜息をついたラチェリアは、「よし」と小さく自分を鼓舞《こぶ》して歩きだした。

廊下の角を曲がり、人目を避けるように遠回りをして馬車の待つ乗降車口に向かう。

こんな惨めな気持ちを抱えたまま、誰かに会いたくはなかった。

ふと、人の話し声が聞こえて足が止まった。

今いる場所の近くには、備品などが置かれている倉庫があり、あまり人が通らない。そして少し進んだ先の角を曲がった所に倉庫の入り口があり、その入り口の前で、使用人たちが立ち話をしているようだ。

「王妃殿下が、今回の事件のことでアラモアナ様を心配して、部屋に呼んだそうよ」

「へぇ、本当に親しい間柄なのね」

使用人たちのその口ぶりは、主の心配をしているというより、面白い話を仲間内で楽しんでいるように聞こえる。

「それはそうよ。アラモアナ様は、王妃殿下の庭園にも招待されているんだから」

「でも、本当にそれだけかしら？」

「どういうこと？」

話をしている使用人は二人。声をひそめているつもりなのだろうが、静かなこの空間では残念ながら、離れた所にいるラチェリアの耳にも、しっかりと内容が聞こえてしまう。

「だって、おかしいわ。王妃殿下とアラモアナ様が親しいなんて」

「そう？　王太子殿下と親密になる前からの間柄だもの。そんなにおかしいことではないんじゃない？」

「でも、王妃殿下はアルフレッド殿下を王太子にしたかったのよ？　それなのに、ブラッドフォード殿下に王太子の座を取られて。その方の恋人になるなんて、私が王妃殿下だったら絶対許せないけど」

ジェレミアとアルフレッド、アラモアナとブラッドフォード。よく考えればこの関係は酷く歪《いびつ》で、今の状況を理解しがたいと思う人は多いかもしれない。だからといって、宮殿で働く使用人たちが口にしていい話ではない。それに王妃の耳に入れば、間違いなく不興《ふきょう》を買う。

（こんな危険な話はすぐにやめさせないと）

そう思って、ラチェリアは二人の使用人のもとに向かって歩きだそうとしたが、続く使用人の言葉に足が止まった。

「それでね……アルフレッド殿下とアラモアナ様が、王妃殿下の庭園で一緒にお茶を飲んでいるところを見た人がいるんですって」

（え？）

その言葉を聞いた瞬間、ラチェリアは以前、王妃ジェレミアの庭園の入り口で見かけた、男女の姿を鮮明に思いだした。

（もしかして……。やはりあれはアルフレッド殿下とアラモアナ様だったのかしら？　だとしたらいったい……）

「うそ！　じゃあ、あの噂は……」

（あの噂？）

「本当のことかもしれないわよ」

使用人がそう言ってクスクスと笑う。

「でも、アルフレッド殿下とアラモアナ様がおつきあいをしているなんて、そんなこと——」

（なんですって？）

ラチェリアは思いもよらない話に、心臓がドクンと跳ねあがった。

（何を、なんの話をしているの……！　でも……）

ラチェリアの中に生じていた違和感がすっと消えた気がした。

（……いえ、そんなこと……！）

ラチェリアは、あまりに自分に都合のいい想像に首を振った。いったい自分は何を考えているのか。

（アルフレッド殿下とアラモアナ様が恋人同士だなんて、そんなことあるはずがない。あってはいけないのよ）

だいたい、ブラッドフォードと深く愛しあっているアラモアナが、彼を裏切るはずがない。

それは、間近で見ている自分が一番よく知っている。

すると使用人の一人が「なんてこと、あるわけがないか」と、先ほどまでの口調から一転、冗談だと言わんばかりに面白そうに笑った。

「そうよねぇ。王太子殿下とアラモアナ様は本当にお似合いだもの」

（……そのとおりよ）

使用人たちの言葉にラチェリアは思わずほっとした。もしそんな噂が流れれば、いらぬ波風が立ちかねない。

「でね……」

使用人がさらに声をひそめた。

「私、この噂を流したのは、ラチェリア様じゃないかと思っているのよね」

（え……私？）

ラチェリアはあまりの言葉に呆然とした。

「私もそうじゃないかと思っていたわ！　あの方も一応婚約者候補だもの」

「王太子殿下がまったく相手にしてくれないから嫉妬して、とか」

「まだ望みがあると思っているのかしらね？」

ラチェリアの顔が青褪《あおざ》め、心臓が早鐘を鳴らした。いつの間にかドレスを握りしめている手が震えている。

(早く、ここから離れないと)

ドキドキと体中を揺らすような鼓動を感じながら、ずっと先にある馬車の乗降車口を見つめた。このまままっすぐ進めばたどり着くが、使用人たちに姿を見られたくはなかった。こらえていた涙も、あと少し刺激を与えれば、大粒の雫《しずく》となってこぼれ落ちてしまう。それだけはだめだ。こんなところで泣くなんて、絶対にしてはいけない。

ラチェリアはもと来た道を戻るために踵《きびす》を返そうとした。そのとき、後ろから「パラタイン嬢！」とラチェリアを呼ぶ男性の声が聞こえた。

ラチェリアが振りかえった先には数人の騎士。そして騎士たちの先頭には見しった顔。

「モリス卿……」

使用人たちにもモリスの声が聞こえたのか、慌てた様子で去っていく足音が聞こえる。

ラチェリアは、使用人たちがその場を離れたことにほっとした。

「モリス卿、ごきげんよう」

ユニオン・モリスは騎士団の小隊をまとめる隊長で、モリス子爵家の三男。ラチェリアとは何度か言葉を交わしており、態度も紳士的で信頼の置ける騎士だ。

「いかがなさいましたか？」

「いえ……。モリス卿はこれからどちらへ？」

「はい。調査している事件の進捗状況を報告しに行くところです」

「それは、今回の？」

「はい」

モリスは、隠している様子もなくうなずいた。

「それで、パラタイン嬢はこれからどちらへ？」

「殿下の無事を確認しましたので、屋敷に戻ろうかと思います」

「供も付けずに、ですか？」

そういえば、とようやくラチェリアはそれに気がついた。

(慌てて屋敷を飛びだしてしまったから)

きっとあとから追いかけてきた使用人が、宮殿内の馬車の乗降車口で待っているだろう。

「……お送りいたします」

「大丈夫です。乗降車口はすぐですから」

「いえ、今は宮殿内が混乱しています。わずかな時間とはいえ何が起こるかわかりませんから」

そう言って、モリスは部下に先に戻るように指示をした。

「モリス卿。お気遣いくださいまして、ありがとうございます」

「いえ、当然のことです」

まじめな顔をしたモリスを見て、ラチェリアの強張った顔から少し力が抜けた。

（彼なら、彼女たちのように余計なことは言わないわね）

馬車が待つ乗降車口に向かって歩きだしたラチェリア。

「しかし、このような非常事態に令嬢を一人で歩かせるとは……」

そう言って、ラチェリアの後ろを歩くモリスが、わずかに眉根《まゆね》を寄せた。

ラチェリアは王太子の婚約者候補。つまり王太子妃候補なのだ。決してぞんざいに扱ってい い存在ではない。それなのに、暗殺事件が起こったこのときに、ラチェリアを一人で歩かせる ことが、どれほど危険なことであるか、なぜ誰も気がつかないのか。

「気にしないでください」

「しかし」

「皆、今回の事件で混乱しているのです」

宮殿内で起こった王太子を狙った事件。それは必ず犯人を捕まえなくては終わらせることの できない、大きな事件なのだ。

「それに、未来の王太子妃はアラモアナ様ですわ」

「……」

ラチェリアのその言葉に、何も返すことができないモリス。

（それは否定しないのね）

馬車の乗降車口に着いたラチェリアは、モリスのエスコートを受けて、パラタイン侯爵家の 家紋が入った馬車に乗りこんだ。

「モリス卿、ありがとうございました。あなたに守ってもらえて心強かったですわ」

「……とんでもないことでございます」

「では」

そう言うと、ラチェリアは御者に馬車を出すように指示をした。モリスは馬車が見えなくなるまで見おくった。

車中のラチェリアは、使用人たちの先ほどの会話が頭から離れず、苦しげに顔をゆがませていた。

「アラモアナ様とアルフレッド殿下が……？　その噂を私が？　……何をばかなことを。本当に、なんてばかなことを言うのかしら……」


それから数日のうちに、第五王子のアルフレッドが、王太子ブラッドフォード暗殺未遂事件の首謀者《しゅぼうしゃ》として捕まった。

ブラッドフォードがすんでのところで仕留めた刺客が、一時期、アルフレッドの取り巻きとして侍《はべ》っていた、剣術に優れた下位貴族の三男だったからだ。

爵位も継げず、騎士にもなれず腐っていたところを、アルフレッドに声をかけられ、今回の襲撃事件を起こした。

しかし、剣術に優れていたのはずいぶん前の話。酒におぼれ、ろくに鍛えることもしなかった男がブラッドフォードに勝つには、眠らせて決して目を覚まさない、と約束されていなければ不可能だ。実際、目を覚ましたブラッドフォードに、男は殺されてしまったのだから。

このことでアルフレッドは、宮殿内の王族専用の牢に入れられた。王太子を狙った襲撃事件とあって、国王もアルフレッドを庇《かば》うことができず、王妃がどんなに縋りついても、無実を証明できなければ牢から出すことはできない、と王妃の言葉をはねつけた。

しかし、末息子であるアルフレッドをかわいがっていたのは、国王も同じ。それに、すでに第一王子と第二王子の二人の息子を失ったのに、また息子を失うのかと思うとやりきれない思いだった。

だいたい、本当にアルフレッドが指示を出したのかも疑わしい。

ブラッドフォードの命を狙うのなら、わざわざ剣が手に届く所にあるときでなくてもいいはずだ。それに、人目が多い昼の宮殿内で起こった事件というのも理解できない。

王太子の命を狙うということは、自分の命を懸《か》けるのと同じだというのに、とても計画していたとは思えないほど雑な事件に、誰もが首を傾《かし》げた。

しかし、状況証拠はアルフレッドが犯人だと言っている。

場末《ばすえ》の酒場で実行犯の男に声をかけている、アルフレッドらしき人物を見た人もいる。しかも実行犯の男は、もう少ししたら大金を手に入れる、と知人に話していたらしい。それにアルフレッドなら、宮殿内に不審者を忍びこませることも容易にできるだろう。

無実を証明できないまますでに十日。

しかし、アルフレッドが首謀者であることも証明されていないため、アルフレッドは王族のための特別な牢に入れられているのだ。

そこは地下にある小さな部屋だが、生活をするために必要な調度品《ちょうどひん》がひととおりそろえられており、平民の住む家よりよほどきれいで衛生的だ。また、出入り口は鉄格子ではなく、ドアになっていて、部屋の中をのぞくことはできるが、ある程度のプライバシーは守られており、外に出ることはできないが、それさえ気にしなければ幽閉《ゆうへい》されているとはいえ、それなりに快適な生活ができる。

しかし、だからといってアルフレッドが幽閉されることを受けいれたわけではない。幽閉されて数日は、部屋の中をメチャクチャにしては叫んでいた。

「ここから出せ！　俺は何もしていない！　父上に取りつげ！　俺は王子だぞ！」

しかし、誰も来ないし、話も聞いてくれない。

ひとしきり騒いでアルフレッドがおとなしくなると、めちゃくちゃにした部屋を片づけるために、使用人がやってくる。そんなときアルフレッドは、守衛の騎士に拘束をされた。逃げないようにするためだ。するとアルフレッドは、守衛騎士を睨みつけ怒鳴りちらした。

「俺にこんなことをして許されると思うなよ！」

しかし、どんなに守衛騎士を威嚇《いかく》しても、アルフレッドが解放されることはない。

「母上が絶対にお前を許さないからな！」

「……私は、陛下から命を受けておりますゆえ」

守衛騎士はそれ以上何も言わず、使用人が掃除を終えると、アルフレッドの拘束をとき、牢を出ていった。

「クソッ」

幽閉されて二週間が過ぎたが、アルフレッドが牢から出されることはなかった。

ジェレミアは毎日アルフレッドに会いに来ては、「必ず私が疑いを晴らし、牢から出してあげるから安心なさい」と励ました。しかし、実行犯の男を裏で操っていた犯人はいまだに見つからないまま。

「あの裏切り者が……」

確かに、実行犯の男に声はかけた。いずれはブラッドフォードを亡き者にしようと思っていたから。しかし、指示は出していない。いったい誰が……。

「まさか……？　いや、それはないか」

アルフレッドがブラッドフォードの命を狙っていたことや、暗殺を計画していたことを知る者はほんのわずか。しかも、絶対に裏切らない者たちばかり。となれば、実行犯となった男が暴走してしまった可能性が高い。

ベッドに寝ころんだアルフレッドが地上につながる唯一の窓を見あげると、半分以上欠けた月が見えた。

「母上が必ず冤罪《えんざい》を晴らしてくれるはずだ」

そこへ少し遅めの夕食が運ばれてきた。料理を牢の中へ運んできた侍女には見覚えがある。

「……お前は」

侍女は軽く頭を下げた。

「あのお方が、私はあなた様を信じています、と」

「……そうか」

そう言うと侍女は料理をテーブルに並べて出ていった。

アルフレッドの前に並んだ料理は、ジェレミアが信頼している料理人に作らせている特別なもの。

そして、料理の横に小さな瓶。それには豆粒大の砂糖の塊。簡単につまむことができるため、アルフレッドが幼いころから食してきた甘味だ。

今日のメニューは、ステーキにサラダ、サーモンのマリネ、カリフラワーのポタージュにパン。すべてアルフレッドが好きな料理で、母ジェレミアがアルフレッドのことを思って用意させたものに違いない。

「……母上」

自分を陥《おとし》れ、愛する母を苦しめる真犯人のことを考えると、怒りが湧いてくる。いや真犯人なんて遠回しなことは言わない。ブラッドフォードが自作自演をしたのだ。実行犯のあいつもブラッドフォードに寝がえって、協力をしたに違いない。

「ブラッドフォード……必ず復讐《ふくしゅう》してやる」

食事を終えても、アルフレッドの怒りは収まらない。つい、何個も砂糖の塊を口に放りこんでしまった。

「……これは少し、味が違うな」

見た目は変わらないが、わずかに酸味のようなものを感じた。しかしそれも一瞬で、次に砂糖の塊を口に入れたときにはいつもと変わらない味だった。

「気のせいか」

そもそも、母が用意してくれる料理におかしなものが入っているはずがない。気がつけばアルフレッドは小瓶に入っていた砂糖の塊を全部食べてしまっていた。

その日の夜半。

アルフレッドが口から泡を吹きながら、首をかきむしっている。

「あっ！　くっ！　だ、だ、れか……！　だ、れ……ア、ア……」

言葉にならない声で人を呼ぶが、誰も姿を見せない。アルフレッドが苦しみながら床に転げてもんどりうっていても、守衛騎士がその姿を見せることはなく、いつしかアルフレッドは動かなくなった。

しばらくしてドアが開き、何者かがアルフレッドの手に少量の液体が入った小瓶を握らせ、食器を持って静かにその場を去っていった。

次の日の朝、宮殿内は悲鳴と混乱で騒然とした。

アルフレッドが、幽閉された牢で亡くなっていたのだ。死因は服毒《ふくどく》。その日、牢を警備していた守衛騎士は、うたた寝をしていて、牢内の異変には気がつかなかった、と顔を蒼白にした。

さらに、食事を運んだとされる侍女は、宮殿の庭の隅で、アルフレッドが握っていた薬と同じものを握りしめたまま、遺体となって発見された。

アルフレッドは自死したのか？　侍女がアルフレッドに毒を渡したのか？

しかし、アルフレッドが自死をしたとは信じがたい。なぜなら、アルフレッドはずっと無実だと訴えつづけていたからだ。

それに、食事を運んだとされる侍女が、本当にアルフレッドに毒を渡したのかも定かではない。その侍女はジェレミアの遠い親戚筋の娘だが、最近宮殿勤めを始めたばかりで、アルフレッドに食事を運ぶ重要な仕事を任されたことも、アルフレッドと話をしたこともなかったのだ。

結局、真相が解明されることはなく、謎だけが増えていき、宮殿内は重苦しい空気に包まれた。そしてジェレミアは、己のすべてを覆いつくすほどの憎しみを抱えながら、徐々に失意《しつい》の闇に飲まれていった。

アルフレッドは、ジェレミアが産んだ唯一の子どもだった。

アルフレッドが埋葬されたのは、王族の霊廟《れいびょう》ではなく、処刑された罪人が埋葬《まいそう》される宮殿の端にある墓地。

その日から、ジェレミアは自室に閉じこもるようになった。


アルフレッドが亡くなってから五日後。いつ来たのか、日がずいぶんと落ちた時間に、アラモアナがブラッドフォードの部屋を訪ねてきた。

「どうしたんだ、こんな時間に」

ブラッドフォードがアラモアナを部屋に招きいれると、アラモアナは青い顔をして、ブラッドフォードの胸に飛びこんだ。

「私……」

「……座って話をしよう」

アラモアナをイスに座らせ、侍女にお茶とワイン、そしてお菓子を用意させた。

「下がってくれ」

ブラッドフォードがそう言うと、侍女は静かに部屋から出ていった。

「どうしたんだ？　何か心配事が？」

「……最近、宮殿内で血なまぐさいことばかり起こって、心配だわ。それに、またあなたの命が狙われるかもしれない」

「……大丈夫だ。もう油断はしないからね。ラチェにもたっぷり叱られたし」

ブラッドフォードは優しく微笑んだ。

「でも……」

アラモアナの手に力が入る。

「アナ？」

「……私、しばらくのあいだ、領地に帰って静養《せいよう》しようと思うの」

「アナ……」

青い顔をしたアラモアナを見れば、ブラッドフォードに引きとめることはできない。しばらく領地で静養をして、心を落ちつかせることも必要だ。

ブラッドフォードはうなずいて、アラモアナの手に自分の手を重ねた。

「わかったよ。宮殿内が落ちつくまでゆっくりしておいで」

「ブラッド」

「心配しなくていい」

「……ありがとう。私のわがままを聞いてくれて」

アラモアナが微笑むと、ブラッドフォードは励ますように重ねた手に少し力を入れた。

「でも、私……心配なの」

「え？」

「離れているあいだに、あなたの心まで私から離れていってしまうんじゃないかと思うと」

「そんなことあるわけがない」

「でも、あなたのそばには……ラチェリア様がいるじゃない」

「ラチェは友達だ。それに、僕たちのことを応援してくれているんだよ」

「でも、不安だわ」

ブラッドフォードを見あげていたアラモアナは、瞳を潤ませながらブラッドフォードの胸に縋りついた。その頼りなげな肩を抱きしめるブラッドフォード。

「僕が君以外を愛することはない。信じてくれ」

「それなら……証《あかし》が欲しい」

「証？」

顔を上げたアラモアナはますます瞳を潤ませる。

「私はあなたのものだと、この体に刻んでほしいの」

「な……？」

ブラッドフォードは思いもよらない言葉に目を見ひらいて、顔を赤くした。

「そんなこといけない。僕たちは婚約もしていないんだ」

「でも、私不安なの！」

「アナの気持ちはわかる、でも」

「私はあなたを愛しているわ」

「僕だって同じ気持ちだ」

「それなら、少し順番が変わってしまっても問題はないでしょ？　いずれ私たちは結ばれるんだから」

「――っ！」

アラモアナの言葉に、ブラッドフォードが顔を赤くしてうつむいた。

「……でも、僕はまだ……」

ブラッドフォードは王太子教育が始まるのが遅かったことと、婚約者が決まっていないことが理由で、まだ房事《ぼうじ》教育を受けていない。簡単に言えば性交についての知識がほとんどない。

「私は……習ったわ」

「……」

「私に任せて……」

顔を赤くするアラモアナ。

「あなたに私を捧げたいの」

アラモアナが立ちあがり、ブラッドフォードの手を取ってベッドへと向かう。

「ア、アナ……」

戸惑うブラッドフォード。

アラモアナはベッドに座り、ブラッドフォードもそれに倣《なら》った。

上目遣いに見あげるアラモアナは妖艶《ようえん》で、誘うように這《は》うアラモアナの指の熱に、ブラッドフォードの理性があらがうのは容易ではない。慌ててその細い指を握って、たぎりかけた熱を抑えた。

「や、やっぱりよくないよ！」

そう言って立ちあがろうとするブラッドフォードを、アラモアナが押したおす。

「大丈夫よ。私たちはこれで、心も体もひとつになるの……」

「……ア、アナ」

アラモアナが官能的な笑みを浮かべて、ブラッドフォードに顔を近づけた。そして重なる唇。徐々に深くなっていくくちづけは、二人を夢中にさせ、次第に甘い吐息だけが聞こえる部屋に、艶《なま》めかしく舌を絡ませる音が混ざっていく。アラモアナの唇からこぼれる悩ましい声は、ブラッドフォードの頭の奥を痺《しび》れさせ、理性をマヒさせた。いつの間にかアラモアナのドレスははぎ取られ、そのあらわになった豊かな乳房を揉みしだくブラッドフォードの思考は、アラモアナの放つ妖艶な香りに甘く溶かされていった。

翌日の早朝、アラモアナは王都を発《た》った。アラモアナが向かうリアデル領へは、ふたつの山を越えなくてはならず、短くても一か月は馬車に揺られることになる。

「領地に着いたら手紙を書くわ」

そう言って、頬を染めながら待っていた馬車に乗りこもうとするアラモアナを、名残《なご》り惜しそうに抱きしめたブラッドフォード。

初めて肌を重ねた二人の甘やかな時間は、別れという途方もない寂しさを紛《まぎ》らわすには、いささか短すぎた。しかし、いつまでも別れを惜しんではいられない。令嬢が早朝に宮殿から去っていく姿を見られれば、それだけでも十分な醜聞《しゅうぶん》となるのに、アルフレッドが亡くなったばかりのこのときに、このような不謹慎な行動は不興を買うだけ。

「もう行くわ」

「……うん、気をつけて」

二人はくちづけをして別れた。ブラッドフォードは、馬車が見えなくなるまで見おくっていた。

アラモアナが王都を発ってから二週間。大変な思いなどしていなければよいのだが、とアラモアナの心配をしているが、これまで彼女からは一度の便りもない。

アラモアナは御者と侍女以外に、護衛の騎士を二人付けると言っていた。選りすぐりの騎士と聞いているから心配はしていないが。

ラチェリアとのお茶会の日。落ちつかないブラッドフォードを見かねて、ラチェリアがその手を握った。

「大丈夫よ、ブラッド。アラモアナ様が向かうリアデル領までの道のりには、危険な所なんてないもの。山道も道幅が広く、人が多く行きかうと聞いているわ。それに、何も問題がないから知らせが来ないの。だからそんなに心配をする必要はないと思うわよ」

「……そうだね。ありがとう、ラチェ」

「ええ」

しかしそれからさらに、なんの連絡もないまま一か月近くが過ぎ、心配になったブラッドフォードが、ラズヒンス侯爵を訪ねようかと思いはじめたころ、真っ青な顔をした侯爵が王宮へとやってきた。そして、侯爵は誰も想像しなかった言葉を口にした。

「我が娘アラモアナの乗る、馬車が、王都から領地に向かう途中にある山中で……崖から……転落、したと」

その言葉に、謁見《えっけん》の間がシンと静まりかえった。

「……な、に？」

「……馬車が、大破《たいは》した状態で発見されました」

「アナは？　アラモアナはどうしましたか？」

ブラッドフォードは真っ青な顔をして身を乗りだした。

「馬車から、御者と侍女の遺体は発見されました……が、娘の遺体は見つかって、おりません……！」

「……そんな。……騎士は、騎士は何をしていたのです！」

「それが、事故が起きたとき、騎士はその場におらず」

一人の騎士は、宿の手配のために先行していて、もう一人は、雨でぬかるんだ道の状況を確認するために、馬車より先を走っていたため、異変に気がつくことができなかったという。

「ふざけるな！」

真っ青な顔をして話を聞くブラッドフォードは、震える手を握りしめた。

「……しかし、アナの遺体が見つかっていないということは、まだ生きているということです。アナは、まだ生きています！」

「ブラット、落ちつけ！　今は、まず状況を把握することが重要だ」

国王がブラッドフォードを制した。

「……申し訳、ございません」

「して、現在の状況は？」

国王がラズヒンス侯爵に現状の説明を求めた。

「はい。……現地は連日続く雨で足場が悪く、捜索が難航《なんこう》しております」

そう言って体を震わせるラズヒンス侯爵は、うなだれていて表情をうかがい知ることはできないが、愛娘《まなむすめ》の安否もわからずに苦しんでいるだろうと簡単に想像できた。

「……陛下。私も捜索に加わります」

「だめだ」

「なぜですか」

「お前は、私の唯一の息子だ。次期国王なのだ」

「彼女は私の妻となる人です」

「酷《こく》なことを言うようだが、彼女の代わりはいるがお前の代わりはいない」

すでに王子はブラッドフォードだけ。何かあってからでは遅すぎるのだ。

「わかっています！　しかし……」

だからといって、このまま何もせずに、進捗状況を聞くだけなど堪えられるはずがない。

「決して危険なことはしません。ですから捜索に加えてください」

深く頭を下げたブラッドフォード。その姿を見て、国王は大きな溜息をついた。

「仕方がない……許可する。しかし、危険な捜索は絶対にするな。公務をおろそかにすることは許さん。いいな？」

「は、はい！　わかりました」

こうして王家直属の騎士団で編成された捜索隊に、ブラッドフォードが加わった。さらに、そこにラズヒンス侯爵家の捜索隊も加わり、情報を共有する協力態勢が敷かれた。

騎士団の捜索が始まると、アラモアナの失踪《しっそう》は貴族たちにまたたく間に知れわたり、多くの人たちが悲しみに暮れ、アラモアナの無事を神に祈った。それは市井《しせい》においても同じ。

ブラッドフォードとアラモアナの出会いは、かなり脚色《きゃくしょく》をされて世間に広まり、その甘く美しい恋物語に心酔《しんすい》した人々が、アラモアナ様こそ王太子妃にふさわしい、と声高に口にしていた。そのため、アラモアナが失踪したという話を聞いたとき、大声で泣きくずれた者もいたほどだった。

捜索は毎日のように行われた。王都から領地までの道のりにある周辺の住宅や病院。細い山道や洞窟。誘拐や私怨《しえん》の可能性。しかし、不思議なほど情報を得ることはできなかった。

そんな中、今日もラチェリアは一人、使われることのないティーカップを眺めている。

「ブラッドは来ないのね」

アラモアナの捜索に参加して以来、ラチェリアとのお茶会はいつもキャンセルされ、アラモアナの捜索に充《あ》てられていた。

宮殿内に設けられたティールームで溜息をついたラチェリア。ブラッドフォードからの手紙にはいつも、「すまない」とだけ記《しる》されていて、その短い文を見るたびに、ラチェリアの胸がぎゅっと痛くなる。

ブラッドフォードからの手紙をテーブルに伏せて立ちあがり、窓の外を見た。灰色の雲が空を覆い、いつ雨が降りだしてもおかしくない空模様だ。

「ブラッド……」

アラモアナが行方不明となってから、すでに半年以上が経過していた。

「私に何かできたらいいのに」

今この状況でラチェリアができることなどほとんどない。せめてブラッドフォードに寄りそいたいと思うが、ラチェリアのもとに来てくれることもない。

（アラモアナ様……本当に生きていらっしゃるのかしら……？）

アラモアナの捜索にはかなりの人員が割《さ》かれていて、国を挙げての捜索と言っても大げさではないほどだ。なんと言っても彼女は未来の王太子妃。そしていずれは王妃となる女性なのだから。

しかしそれとは裏腹に、人々のあいだからは諦めの声が上がりはじめていた。

アラモアナ様は見つかるのか？　本当に生きていらっしゃるのか？

捜索にかかる費用も決して安いものではない。国主導で捜索をしているということは、血税が充てられているということ。当然のことながら、批判的な意見も出はじめている。

いつまで先の見えない捜索に税金を使うのか？　たった一人のために大金を投じて、見つからなかったらどうなるのだ？

そんな声を耳にしているのか、ますますブラッドフォードは捜索に必死になっていく。ラチェリアはそんなブラッドフォードの姿を見るのがつらかった。

暗くなった空からぽつぽつとガラスに水滴が落ちはじめた。この様子だとすぐに雨足は強くなるだろう。

ふと、部屋のドアをノックして侍女が入ってきた。

「え？　ブラッドが？」

現地が大雨となり、捜索を中断することを余儀なくされ、そのまま帰還したという。雨はこれから数日続くらしい。

「今はどちらに？」

ラチェリアに知らせに来た侍女によると、身を清めてから国王に謁見し、終わり次第自室に戻るとのこと。

「そう。彼が部屋に戻ったら教えてちょうだい」

ラチェリアがそう言うと、侍女は「かしこまりました」と言って部屋を出ていった。

それから一時間もしたころ、ブラッドフォードが部屋に戻ってきたという知らせを受け、ラチェリアは早足でブラッドフォードの部屋に向かった。部屋に入るとそこには、ソファーの背《せ》凭《もた》れに体を預けたブラッドフォードが、天井に顔を向けて目をつぶっている。

「ブラッド……疲れた顔をしているわ」

「……そうかな」

「大変だったわね」

大雨に打たれながら帰還した騎士たちは、一様に口を噤《つぐ》み、冷えた体を休ませるために、早々に解散をしたと聞いた。次に集まるのは、雨がやんでからというから、数日は休めることになる。

だがブラッドフォードだけは、雨が問題なら降っていない所を捜索すればいい、と言って帰還に反対をしたらしい。

しかし、すでに騎士たちは疲労困憊《こんぱい》。ブラッドフォードのように、途中から参加して、途中で抜けるならまだいいが、ずっとその地に滞在して捜索にあたっている隊員たちは、当てもなくひたすら捜索を続け、なんの成果も得ていないと叱責《しっせき》をされることで、精神的にも肉体的にも追いつめられていた。

「無理に捜索をして事故でも起こったら、ますます大変なことになるわ」

「そんなことはわかっている！」

背凭れから体を起こしたブラッドフォードが、声を荒らげた。

捜索隊を束《たば》ねる隊長にも同じことを言われた。ブラッドフォード自身も、隊の雰囲気が悪くなっていることには気がついていたし、体調を崩す者が続出していたこともわかっている。

「ブラッド……」

「でも、アナがこの雨の中、寒い思いをしていたらと思うと、じっとなんてしていられないんだ」

アラモアナが行方不明となってから、すでに半年以上経過している。それなのに、今も彼女が山の中をさまよっている、とは考えにくいが、まったく情報がない状態では、その可能性も捨てきれない。

「焦ってはだめよ」

「君にはわからない」

「ブラッド？」

「大切な人を失う恐怖なんて、君にはわからない！」

その目が鋭くラチェリアを睨みつけている。

「……ブラッド。私にもわかるわよ」

ラチェリアが寂しそうに笑った。

「私だって、大切な人を失う悲しみは知っているわ」

ブラッドフォードははっと気がついて、それからうつむいた。ラチェリアもまた、母イライザを亡くしている。それを知っているのに、なぜ怒りをぶつけてしまったのか。

「……ごめん」

「いいのよ」

「……もしかしたら、捜索の規模を縮小するか、打ち切りになるかもしれないんだ」

「え？」

「このまま、なんの成果もなかったら。早ければ二か月後には……」

先ほど、国王に報告に行った際に、そう告げられた。さらに、ブラッドフォードが捜索に参加することで、王太子の仕事に影響が出ていることから、今後の捜索にブラッドフォードが加わることを禁止された。

「アナは生きているのに」

まったくその確信もないのに、一途《いちず》にそう信じて捜索を続けていたブラッドフォード。そう信じなくては続けることができなかったのかもしれない。一瞬でも諦めてしまえば、生きていると信じて突きすすんでいた足が、止まってしまっていたかもしれない。

大丈夫よ、必ず見つかるわ。そう言葉にすることができれば、ラチェリアの気持ちがどれほど楽になるだろうか。ブラッドフォードだって、きっとそんな言葉を望んでいるはずだ。だけど、ラチェリアにはそんな気休めの言葉を口にすることができない。

(私は非情《ひじょう》で醜い……)

大切な人が、大切な場所が奪われた悲しみや寂しさは、これまでになくラチェリアを苦しめた。自分のうちに巣くった醜い嫉妬に、何度となく嫌悪した。だからといって、アラモアナの死を望んでいるわけではない。生きて帰って、ブラッドフォードを、悲しみの底から救いあげてほしいと願っている。ラチェリアには、ブラッドフォードの心を癒してあげることができない。だからこそ、心の矛盾がラチェリアを苦しめる。

そんな自分が安っぽい言葉で励ましても、きっとブラッドフォードに見透かされてしまうだろう。だから、これ以上言葉もないまま、ブラッドフォードを見つめることしかできないのだ。

「すまないラチェ。一人になりたいんだ」

ブラッドフォードの表情のない顔は、これ以上の長居は無用であることを教えてくれた。

「ごめんなさい。ゆっくり休んで」

結局何もしてあげられることがないまま、ラチェリアは部屋をあとにした。

(ここが宮殿でよかった)

もし、自分の部屋だったら、涙がこぼれていたかもしれない。声を上げて泣いていたかもしれない。でもここは宮殿。涙など容易く流していい場所ではない。

(私には泣く資格なんてないもの)

今ごろアラモアナがどんな思いをしているのかと思うと、醜い感情を抱いてしまった自分が恥ずかしくなる。それでも、その醜い感情がなくなることはない。

「私は最低な人間ね……」

それからも捜索は続いたが、わずかな手掛かりも見つからなかった。そして、人々は次第にアラモアナを諦めていった。

捜索は開始されてから一年後に打ちきられ、アラモアナの王太子妃候補の話も白紙になった。つまり、唯一残ったラチェリアが、ブラッドフォードの婚約者に決まったのだ。

覚悟はしていた。当然断ることもできない。その責を負うことができるのは、ラチェリアだけなのだから。だからといって、こんな形で婚約者となることを喜べるはずもない。

婚約者としてブラッドフォードとあいさつを交わす席。ラチェリアを見るブラッドフォードの瞳は蔑《さげす》みと憎しみが宿っていた。ブラッドフォードが望まない結婚を、親友であるラチェリアが受けたことが許せないのだろう。それにより、完全にアラモアナを諦めなくてはならなくなったのだから。

このときまでブラッドフォードは、アラモアナの死を認めず、彼女の帰りを待っていると言いはっていた。しかし、ブラッドフォードは王太子だ。いつまでもそんなことを言っているわけにはいかない。それを理解していても、一番自分のことをわかってくれているはずのラチェリアが、自分の望みを絶つことが許せないのだ。

そして婚約から一年後、二人は結婚をした。お祝いムード一色とはならないながらも、一国の王太子の結婚式にふさわしい立派なものだった。

結婚式が行われた日の夜。

二人が初めて共に過ごす夜であるにも関わらず、そこには甘い雰囲気もなく、愛をささやく言葉もない。肌を晒《さら》すことを恥じらうラチェリアのことなど、意に介することもなく組みしいたブラッドフォードの瞳には、わずかな熱もない。

それはまるで作業のようだった。

初夜から三日間性交をして、そのあいだ朝まで寝室を出ることは許されない。だから、ブラッドフォードは一度の吐精《とせい》を果たすと「これでいいだろう」とすげなく言って、ラチェリアに背を向けて眠ってしまった。

「……」

ラチェリアの初めてはそんなもの。それでも、どんなに冷たい目で見られても、初めて触られた喜びは、すべてを見えなくしてしまうほど、ラチェリアを幸福で包んだ。優しいのか優しくないのかわからない行為に、夢中になってしがみついて痛みに耐え、それで得たものは事務的に放出された子種だけ。

それでもいい。今は苦しいかもしれない。でも、きっと昔のように仲良くやっていける日が

来る。

シーツを握りしめ唇を噛んで、横で眠るたくましい背中を見つめ、触れたくて手を伸ばして、途中で止めて引っこめた。

(彼が思っているのは、今も変わらず、アラモアナ様ただお一人。欲張ってはいけないわ)

ラチェリアはシーツをかぶり、ブラッドフォードの背中を見つめて目を閉じた。

翌朝の宮廷医師の検査で、房事が滞りなく行われたことが確認された。


それから四年。

ブラッドフォードとラチェリアの関係は、良くも悪くもない。いや、他人が二人を見れば、悪いと言われるのだろうが、月に三日の房事は必ず果たされているし、食事もできる限り一緒に取る。だから決して悪いわけではない。

ラチェリアは王太子妃としての務めを完璧にこなし、奉仕活動にも積極的で、人々からの評判もよい。

そんな素晴らしい王太子妃に皆が望むのは、懐妊《かいにん》の知らせだが、残念なことに結婚をして四年がたつのに、いまだに二人のあいだに子はなく、密かに「王太子妃殿下はお子ができないお体なのでは?」とまでささやかれている。

月に三日の房事は、ラチェリアの体調を管理する宮廷医師が、最も妊娠しやすい日として指定している日で間違いはない。それでも待ちのぞむ知らせがないということは……。

最近では、ブラッドフォードに側妃を、という話まで出はじめ、ラチェリアは心を痛めていた。

そして先ほど、そろそろ王位をブラッドフォードに譲ろうと考えている国王が、ブラッドフォードに側妃を迎えいれることも考えるようにと、ラチェリアにちらっと視線を送りながら言った。

ジェレミアは、アルフレッドを亡くしてから塞ぎこみ、王妃としての務めを果たすことができなくなってしまった。今は側妃たちがジェレミアの代わりに務めを果たしているが、もともとその美しい容姿だけで側妃になった者ばかりで、ジェレミアのように務めを完璧に果たすことはできない。それに自分も若くはない。潮時だ。

そう思ってはいるが、王太子夫妻にはいまだに子どもがいない。たとえ優秀な二人でも、子どもがいないというのは心もとない。それならば、側妃を迎えいれて子を作り、その地位を盤石なものにさせたほうがよいだろう。

もちろん、そう思っているのは国王だけではない。特に妙齢《みょうれい》の娘を持つ貴族たちは、事あるごとにそれを口にしている。

「余計なお世話だ」

不満そうに顔をゆがめるブラッドフォード。

「……でも、陛下のおっしゃっていることは間違っていないわ」

「僕は側妃を迎えいれる気はない。それは前から言っているだろ？」

「ええ、そうね」

ラチェリアと結婚をしたとき、ブラッドフォードはラチェリアに「これから先、側妃を迎えいれる気はない」と告げた。その言葉に、「愛するラチェリア以外には誰もいらない」なんて甘い意味が込められていれば、ラチェリアの心臓が跳ねあがったが、実際にはそうではない。これ以上、アラモアナ以外の女性に触れたくはないから側妃はいらない。ブラッドフォードはそう言いたいのだ。

(いつまでもそんなこと言っていられないわ)

その地位を盤石なものにするためにも、少しでも早く子をなさなくてはならない。自分本位なわがままを通していい立場ではないのだ。思わずラチェリアは小さく溜息をついてしまった。

ブラッドフォードの執務室の前まで来たとき、ラチェリアはブラッドフォードの背中に声をかけた。

「明日は教会のチャリティーに参加する予定です」

「ああ」

そう返事をしたブラッドフォードは、ラチェリアのほうを見ることもなく、執務室に入っていった。

「……」

少しは気にかけてくれたのかと期待をしたが、そうではなかったようだ。

ラチェリアは自室に向かいながら溜息をついた。一向に縮まらない二人の距離は、時間がたつごとに開いているようにさえ感じる。

ラチェリアが婚約者になったとき、ブラッドフォードの瞳は、まるでラチェリアを蔑むかのように冷たかった。あの状況ではそうするしかなかったのに、ブラッドフォードの瞳はラチェリアを責めたて、自分が本当に悪いのではないかと錯覚するほどだった。

（私に断る権利があるはずもないのに）

幼いころに向けられていた優しい笑顔が、今のラチェリアに向けられることはない。

「子どもでもできたら、少しはこちらを見てくれるのかしら？」

必死に考えないようにしているのに、少し弱った心は、願望ばかりを輝かせてくる。

子どもができれば、周りから余計なことを言われることもなく、ブラッドフォードの眉間に深いシワが刻まれることもなくなる。子どもさえできれば。

ラチェリアは、再び大きな溜息をついてから自室に入り、お気に入りのソファーに座ると、明日のチャリティーに出すために刺していたハンカチの、刺繍の仕上げに取りかかった。


チャリティー当日。教会の広場には、たくさんの人々が集まっていた。

販売していた刺繍入りのハンカチや、教会に併設《へいせつ》されている孤児院の子どもたちが焼いたクッキーも売れ、寄付金もそれなりに集まった。衣類や玩具を寄付してくれる人もいて、孤児院の子どもたちの瞳はキラキラと輝いている。

子どもたちと一緒になって、クッキーや刺繍入りのハンカチを売るラチェリアの姿は、人々のあいだでは見なれた光景だ。ラチェリアは、王太子妃であるにもかかわらず、誰が話しかけても気さくに返事をして、優しい笑顔を向けてくれる。「差し入れです」と言って籠《かご》いっぱいのフルーツを渡せば、ラチェリアは目を見ひらいて喜び、その手を取って「ありがとう」と感謝の言葉を伝えてくれる。だから、ラチェリアが参加する教会のチャリティーは、いつも賑わっていた。

「今日はいつも以上に忙しいわね」

天気がよいからか人出が多く、たくさん用意したクッキーはすでに完売している。ラチェリアはほとんど休憩を取らないまま、チャリティーが終了するまで忙しく品物を売り、人々と笑顔で言葉を交わした。

教会主催のチャリティーは、孤児たちが讃美歌を歌って終了となるが、今回は特に人が集まったため、歌が終わってもなかなか人が引かず、片づけが始まったのはいつもより一時間も遅い時間から。それでも、子どもたちは疲れも見せずに、元気に会場の片づけを始めた。ラチェリアも、手慣れた手つきで道具をしまっていく。

「ラチェリア様。そのようなことをなさらないでください！」

ラチェリアが、子どもたちと一緒にイスの片づけをしていると、司祭が真っ青な顔をして走ってきた。

「まぁ、やらせてくださいな。私、こういう仕事も好きなのですよ」

「いや、しかし」

ラチェリアの周りには、子どもたちのほかに護衛が二人。皆、イスを両手に抱えて司祭を見つめ、ラチェリアを止めようとしているのは自分だけ。そう気がついた司祭は、慌てて自分もイスを抱えて運びはじめた。

「ありがとうございます、司祭様。片づけが早く終わりますわね」

ラチェリアはそう言って笑い、司祭はますます恐縮した。

「ラチェリア様！」

「なぁに、ビビ」

孤児院で最年長のビビが、イスを抱えて歩きながら、ラチェリアに話しかけた。

「次のチャリティーでは、ラチェリア様が教えてくれた、リンゴのパイを作ろうと思います」

「まぁ、それはいいわね。それなら、私がリンゴを用意してあげる」

「本当ですか？」

ビビの顔が輝いた。

「ええ。私がうそをついたことがあった？」

「ないです」

「約束するわ」

「ありがとうございます！」

ビビの顔がますます輝いた。

最近知りあったリンゴ農家が、悪天候のせいで大きく育たなかったリンゴを処分すると言っていた。処分してしまうなら、安く買いとれるか交渉できるかもしれない。

（無理ならほかで買えばいいわ）

華美《かび》なものを好まないラチェリアは、必要以上にドレスを作ることも、宝飾品を買うこともない。そのため、常に予算は余っている。いつも、予算をもっと使うようにと懇願してくる側近のためにも、リンゴは高めに買いとったほうがいいかもしれない。きっと、そういうことではない、と言うだろうが。

片づけが終わり、司祭との話も済んだので、孤児院の院長にあいさつをして帰ろうと、ラチェリアが孤児院をのぞいたところ、子どもたちの「うわぁ」と湧く声が聞こえた。

何かと思って皆が集まっている部屋に行ってみると、それぞれ本を一冊ずつその胸に抱えている。

「まぁ、どうしたの？　皆」

「ラチェリア様！」

「あのね、好きな本を一冊もらっていいんだって！」

そう言って子どもたちがうれしそうに頬を染めている。

「まぁ、よかったわね」

「うん！」

本をしっかり抱えてうれしそうにしているが、実は孤児院の子どもたちはほとんど字が読めない。ラチェリアが孤児院に慰問に来たときに教えているが、それだけで身に付くはずもなく。

最年長のビビは、簡単な文なら読めるが、今抱えている本は、ビビが読めるような内容ではない。それでもビビはうれしそうに本を見つめた。

「私、この本が読めるようになるくらい勉強をするの。それでいつかお店を開くのよ！」

ビビは、自分のお店を持つのが夢だといつも言っている。クッキーやパイを焼いて『お菓子屋さん』を開きたいのだそうだ。

ラチェリアが、「ケーキ屋さんではないの？」と聞いたら、ケーキは高いから、クッキー一枚から買えるお店を作りたいのだと言う。「それは素敵な夢ね」と言って、ビビの頭をなでたことを思いだした。

「それにしても、本なんて貴重なものをこんなにたくさん」

ラチェリアは積んである本を見つめた。

「実は、先日亡くなった、一人暮らしの資産家の遺品なのです」

孤児院の院長が本を手に取った。

「まぁ」

「その故人のご家族が、多すぎて処分に困った古書を、すべて寄付してくださいまして」

人のよさそうな孤児院の院長は、もとは神殿で助祭を務めていたこともある白髪の女性だ。

「そういうことなのね」

「ええ。ありがたいことにたくさん売れたのですが、まだ残っていたので、頑張ったご褒美として子どもたちに一冊ずつあげることにしました」

「それはとてもいいことだと思います」

本は誰でも買えるものではない。貴族や裕福な商人ならともかく、平民にはなかなか手の届かない代物だ。それでも、持ち主を失えばこうして誰かの手に渡る。

「本当に素晴らしいことだわ」

遺品には本だけでなく、食器や家具など、ほかにも使えるのに捨ててしまうものがあるはず。

身寄りのない人たちが神の御許に旅立ったあと、遺品の扱いはどうなっているのか。

ラチェリアは帰りの馬車の中でずっと考えていた。

これから定期的に遺品を売るとして、提供してくれる人がどれほどいるのか？　遺品を受けいれてくれる人は、どれくらいいるのか？　それらを販売することが、故人を冒涜していることにはならないか？

そんなことを考えていたら、いつの間にか宮殿に着いていた。

「ずいぶん遅くなってしまったわね」

夕食までそれほど時間がない。

「遅れないようにしないと」

ラチェリアは急いで自室に戻り、着替えを済ませると、化粧を直し、髪を整えて食堂に向かった。そこにはすでに席に着き、食前酒に口をつけているブラッドフォード。

「ごめんなさい。お待たせして」

「……いや」

そう言ってラチェリアが席に着くと、静かに二人きりの夕食が始まった。いつもなら、ラチェリアが話をして、それにブラッドフォードが短い相槌を打つのだが、今日はラチェリアがひと言も言葉を発さないし、じっと何か考え事をしているようで、食事もあまり進んでいないようだ。

「何かあったのか？」

珍しくブラッドフォードがラチェリアに聞いた。それなのに、ラチェリアにはその声さえ聞こえていなかった。一向にラチェリアが返事をしないまま時間が過ぎていき、給仕《きゅうじ》をしている使用人たちがそわそわして、うつむいたままラチェリアの様子をうかがっている。

「……」

「ラチェリア」

「え？」

驚いて顔を上げたラチェリアは、フォークに刺さったままの魚を見た。

「ええ、今日もとてもおいしいわね」

そう言って魚を口に運び、ブラッドフォードを見て微笑んだ。

「……そうだな」

結局、夕食の時間の会話はそれだけで終わった。もともと、ラチェリアが口を開かなければ、二人のあいだに会話などない。だから、無言のまま食事が終わったとしても、特に問題はない。

ラチェリアが自室に戻ると、侍女のマリエッタがせきを切ったように話しはじめた。

「ラチェリア様ったらいったいどうされたのですか？　もう私、ヒヤヒヤして心臓が飛びでそうでしたよ！」

「なんのこと？」

「あー、そうですよね。そうなりますよね」

「なぁに？　変な子ね」

クスリと笑うラチェリアは、本当にマリエッタの言いたいことがわからないらしく、小首を傾げている。

「殿下がラチェリア様に話しかけていたのに、ラチェリア様が返事をなさらなかったのですよ！」

「え？　ブラッドが？」

「そうです。何かあったのかって聞かれていたのに、なかなかお返事を返されなくて、挙句《あげく》の果てに、今日もとてもおいしいわねって答えているのですもの」

「うそ」

ラチェリアは驚いて口を両手で覆った。

「それでブラッドはなんて？」

「そうだな、と」

「……ハァ」

大きな後悔の溜息。ブラッドフォードの声が聞こえていなかったどころか、ラチェリアの返事はまったく頓珍漢《とんちんかん》で、食事の時間がうわの空であったことがわかる。

「悪いことをしてしまったわ」

でも、いまさらそんなことを言っても仕方がない。ブラッドフォードは夕食が終わればまた仕事を始めるため、その時間の訪問をとても嫌がる。やり残した仕事を終わらせたり、考え事をまとめたりするために必要な時間なのだそうだ。

「明日、謝ることにするわ」

「そうですね」

ラチェリアはもう一度溜息をついた。

その日の夜。身を清めたラチェリアは、本を片手に紙にメモを取っていた。すると、ドアをノックする音。

(こんな時間に誰かしら?)

すでにマリエッタもいない。ラチェリアはガウンを羽織ってドアの前に立った。

「はい?」

「……僕だ」

「ブラッド?」

驚いたラチェリアがドアを開けた。

そこには、少し髪がぬれているブラッドフォード。

「どうしたの?」

「……いや」

その手には、甘い香りを漂わせているホットチョコレート。

「それは？」

「君が……」

「え？」

「疲れているのかと思って……これを」

そう言って手に持っていたカップを、ラチェリアに差しだした。

「……これを私に？」

「ああ……すまない。運んでくるあいだに少しこぼれてしまった」

ソーサーと接したコップの底に、ホットチョコレートが見えた。

「あなたが作ったの？」

「……ああ」

まさか、ブラッドフォードがこんなことをしてくれるなんて、思いもしなかった。

幼いころ、二人だけの時間にいつもラチェリアが作っていたホットチョコレート。二人にとってそれは特別な飲み物だ。そのホットチョコレートを、ブラッドフォードが自ら作ってここまで持ってきてくれた。

「……いらなかったら飲まなくていい」

「いいえ、喜んでいただくわ。……わざわざ、私のためにありがとう」

「……」

ラチェリアのうれしそうにほころんだ顔を見て、ブラッドフォードの顔がわずかに緩む。

「入らない？」

「いや、もう遅いから」

「……そう」

「君も疲れているだろ？　それを飲んだら早く寝るといい」

「ええ、そうするわ」

ラチェリアがそう言うと、ブラッドフォードは踵《きびす》を返して隣にある自分の部屋に入っていった。その背中を見おくってから、ラチェリアは部屋のドアを静かに閉めた。

「こんなことをしてくれたのは初めてね」

食事中にうわの空だったラチェリアを見て、疲れていると思ったのだろう。実際にはただ考え事をしていただけなのだが、余計な心配をかけてしまったようだ。それに、謝ることを忘れてしまった。

「本当に申し訳ないことをしたわ」

ラチェリアはじっとカップの中を見つめた。ブラッドフォードがチョコレートを溶かして、ミルクと混ぜあわせている姿を想像して、思わず笑みがこぼれた。

ホットチョコレートは温《ぬる》くてとても甘かったが、これまで飲んだ中で一番おいしかった。

＊　＊　＊

今日も朝から溜息。

「始まってしまったわね」

目が覚めてすぐに、下腹部の下のほうがぬれていることに気がついた。月のものが始まったのだ。

（まただめだった。もう四年がたつというのに、いまだに子宝に恵まれないなんて）

自分は子どもを授かれない体なのかもしれない、と考えるようになったのはいつのころだったか。

妊娠しやすい食べ物があると聞けば取りよせて、体にいいという運動があれば試してみて、自分にできることはなんでもしてきた。まだ自分にできることはないか？　と本を読み漁《あさ》って、たくさんの知識を詰めこんだ。それでも、毎月嫌になるほど正しい周期でやってくる月のものは、ラチェリアが母親になれないことを教えてくれる。

いつまでも、現実から目を背けているわけにはいかない。そんなことは自分が一番わかっている。

「私がブラッドに言わないといけないわ」

側妃を迎えいれるようにと。

ブラッドフォードは、側妃なんていらないと言ったが、それが許される状況にないことはわかりきっている。二年後には国王に即位するのに、後継者もいないようでは、国の安寧《あんねい》は望めない。

「どのような令嬢なら、受けいれてもらえるかしら？」

そんな言葉を口にして、ぽろりと涙がこぼれた。

愛されることもなく、子どもを授かることもないのに。望めば望むほど惨めな気持ちになるのに、それでも諦めきれないなんて、と自分の執念《しゅうねん》深さに笑いがこぼれる。女性としての、母としての幸せな生活など自分には縁のないもの。

「王太子妃として彼を支え、彼のために生きる。それが私の幸せよ」

何度自分にそう言いきかせてきたことか。

「側妃を迎えいれればすべてがうまくいくわ」

ラチェリアは涙を拭いて、これから待ちうける苦しい選択に、立ちむかう覚悟を決めた。

それから二週間。

ラチェリアの中で、二人の令嬢が側妃候補に挙がった。

メロー伯爵の長女ライラと、ウィルソン伯爵の次女ソフィア。両家は共に歴史ある家門で財力もある。

王妃を支え、いまだにアルフレッドを亡き者にした、とブラッドフォードを憎んでいる者たちが集まる派閥《はばつ》にも、国王を持ちあげ、その陰に隠れて、甘い汁を吸おうとしている者たちが集まる派閥にも属さない、中立の立場を固持《こじ》している者たち。

それに二人共、十六歳と若い。きっとラチェリアの悲願《ひがん》を叶えてくれるはずだ。

しかし、ブラッドフォードが首を縦に振ることはなかった。

「このままではいけないのよ」

「僕は、側妃を迎えいれる気はないと言ったはずだ」

「そんなことを言ってはいられないの。あなたには後継者となる子どもが必要なの」

「だから、房事を欠かしたことはないだろ？」

「……それでもできないから、こうして側妃の話をしているの」

「まだ、できないと決まったわけじゃない」

「結婚して四年がたつのよ」

「……」

「あなたの即位が二年後に迫っているのに、いつまでものんびりと構えているわけにはいかないの」

泣きたくなるのを我慢して、ラチェリアは必死にブラッドフォードに訴えた。

「僕は側妃を迎えいれる気はない」

「いいかげんにして！」

「君こそいいかげんにしろ」

いったいブラッドフォードは何を考えているのか。こんなわがままなど通用するはずがないのに。

「私は両家に打診をするつもりです」

「余計なことをするな」

「私には側妃を決める権利があり、子を得る責任があります」

「それなら、君とのあいだに子ができるように努力する」

「……」

泣きそうだ、うれしくて。

たとえその言葉の意味が、自分の求めるものと違っていてもいい。本当は諦めたくはない。

諦めることなどできない。この腕に我が子を抱きたい。柔らかい温もりを感じたいのだ。

「ラチェ」

「……わかったわ。もう少し様子を見ましょう」

「ああ」

ブラッドフォードの執務室を出たラチェリアは、大きな溜息をついた。

(私は卑怯者《ひきょうもの》ね。ブラッドのわがままにつきあっているかのように振る舞って、でも心底喜んでいる。……本当にずるい女だわ、私は)

その日から、月に三日の房事が週に二日となった。

それに、最初はわからなかったが、ブラッドフォードは房事のときとても優しい。二人のあいだに甘いささやきも、とろけるような愛の言葉もないけれど、その手と唇はいつもラチェリアの反応を確かめながら、探るように愛撫《あいぶ》する。

それに、夢中でしがみつくラチェリアの髪をなでながら、ときどき、本当にときどき、掠《かす》れた声で「大丈夫か？」と聞かれると、体中から愛おしさが込みあげて、もっと欲しいと求めてしまうのだ。もしかしたら、自分は愛されているのではないか？　と錯覚してしまうほどの温もりに包まれながら。それなのに。

ラチェリアは、ある知らせを聞いて目の前が真っ暗になった。

「……アラモアナ様が、見つかった？」

アラモアナと銀色の髪の男の子

アラモアナがラズヒンス侯爵家の馬車から降りてきたとき、辺りは騒然《そうぜん》とした。悲鳴のような声を上げて泣きだす者。神に感謝をする者。眉をひそめる者。これから起こりうる問題に頭を抱える者。

人々が多く行きかう時間のアラモアナの登場に、王都中が、いや王国中がこの話題一色となった。そしてその中でも一番人々が関心を寄せたのは、アラモアナが連れている銀色の髪の男の子は、いったい誰の子どもか？　ということだった。

騒然とした外の雰囲気から一転、緊張した重苦しい空気が漂う宮殿の応接室。

ブラッドフォードとラチェリアの前には、アラモアナとラズヒンス侯爵。アラモアナが連れてきた子どもジャスティンは、別室で侍女たちが面倒を見ている。

アラモアナはまっすぐ背筋を伸ばし、昔と変わらぬ美しさで微笑んでいた。

ラチェリアは、少しうつむき気味に目の前のテーブルを見つめ、真っ青になってドレスを握りしめる。そんなラチェリアには、ブラッドフォードの顔もアラモアナの顔も見えない。それに、醜くゆがんだ自分の顔を誰にも見られたくはない。

今二人は、目の前のテーブルの距離さえももどかしいだろう。お互いに熱く視線を絡ませ、離れていた時間を埋めようと、必死にその心を伝えあっているはずだ。もし部屋に二人きりであったなら、すぐにでも互いを抱きしめ、熱いくちづけを交わすのだろうが。

「よく、無事に帰ってきてくれた」

ブラッドフォードが長い沈黙を破った。

「ご心配をおかけいたしまして、申し訳ございません」

アラモアナの透きとおった美しい声が部屋に響く。

「陛下との謁見で、失踪についての話はすでに聞いているが、あの場にいなかった王太子妃にも、事の仔細《しさい》を知ってもらいたい。繰りかえしで申し訳ないが、何があったのか話してくれるか？」

「はい」

抑揚《よくよう》のないブラッドフォードの声は、普段と変わらない。ラチェリアには、この場に限ってはその声があまりに不自然に感じた。しかし、それはラチェリアに対する、ブラッドフォードなりの配慮《はいりょ》なのであろう。

(私の前で喜ぶわけにはいかないものね)

ラチェリアは自分の手を握りしめて顔を上げた。

アラモアナの説明はこうだ。

アラモアナが行方不明になったその日、馬車は崖から落下したが、荷物を下敷きにしていたからか、ケガは負ったが、体に残るような傷もなく奇跡的に生きのびた。しかし、アラモアナは自分がどうやって馬車から出ていったのかもわからない。転落した馬車から自分一人が生きのこったと理解したのは、記憶が戻ってからだという。

アラモアナには馬車が転落したときの記憶はなく、次に目を覚ましたときは、見しらぬ老夫婦の住む小さな山小屋の、小さなベッドの上だった。

老夫婦の話では、半年に一度の買い出しのために山を下り、帰ってくる途中でアラモアナを発見したが、そのときアラモアナは、雨に打たれ体は泥だらけで、血がドレスに付着していたそうだ。老夫婦はアラモアナを山小屋に運んだが、熱にうなされたアラモアナが次に目を覚ましたのは三日後。そのときアラモアナは記憶を失っていた。

老夫婦は、アラモアナの身なりから、貴族であることは理解していたが、山奥に住んでいたため、アラモアナを捜索している、という情報を得ることは難しく、ドレスに血がついていたことから、何か危険なことに巻きこまれているのかもしれないと、アラモアナをかくまうことを決めたのだ。

しかし、しばらくするとアラモアナが妊娠していることがわかった。事故の後遺症が心配されたが、アラモアナは無事に元気な銀色の髪の男の子を産んだ。

その髪色を見れば、その子がどれほど高貴な血を引いているかがわかる。だからといって、いきなり王宮に乗りこめば、どんな危険が待っているかわからない。馬車が転落したことだって単なる事故とは限らないのだから。

アラモアナが記憶を取りもどさない限り、その身に迫っているかもしれない危険を回避することは難しい、と考えた老夫婦は、アラモアナと子どもを隠して、これまでと変わらない生活を続けた。

そして、アラモアナは徐々に記憶を取りもどしはじめ、数か月ほど前に侯爵家に戻り、こうしてあいさつに来た、というのがアラモアナのこれまでだ。

一度は国王に説明をしたからか、アラモアナは淀《よど》みなく簡潔に説明を終えた。

そして、アラモアナが連れてきた男の子は、間違いなくブラッドフォードの子どもだと言う。

(二人には体の関係があったのね)

ラチェリアは呆然としながら話を聞き、どうにか理解をした。

「令嬢が数か月前には見つかっていたというなら、なぜもっと早くこちらに連絡をしなかったのだ？」

ブラッドフォードの冷静な声が、ラチェリアの頭上から聞こえる。ブラッドフォードの質問に答えたのはラズヒンス侯爵。

「はい。娘は当時、記憶が完全には戻っておらず、混乱をしていました。それに、ジャスティンが、殿下と娘とのあいだに生まれたあの子が、これからどうなっていくのかと思うと、どうしてもためらわれました」

ラズヒンス侯爵の、隠しきれない優越感をはらんだ目がラチェリアを見る。

(二人の子ども。つまり、婚外子《こんがいし》とはいえ、ブラッドの子どもなのだから……それは、どういうこと？　子どもを引きとるの？　私が育てる？　母子を引きはなしていいの？　……アラモアナ様を側妃に迎える？　アラモアナ様を、側妃に？）

目の前が真っ暗になって、倒れそうになるのを必死で耐えるラチェリアには、もはや誰の言葉も聞こえない。ただ、何も考えることができなくて、目の前の現実から逃げだしたくて。

「ラチェ……ラチェリア」

「は、はい」

ブラッドフォードの言葉に、ようやく我に返ったラチェリアの心臓は、ドキドキとありえないほど速くなる。

「ラチェはどうする？」

「え？」

「……子どもに、会いに行くか？」

こどもにあいにいく？

「……いえ……せっかくの父子の対面を、邪魔したくはありません。私はここで待っておりますので、殿下はどうぞ会ってあげてください」

「……そうか」

ブラッドフォードは、ラチェリアの頭にポンと手を置いて優しくなでると、応接室をあとにした。

今この部屋にいるのは、ラチェリアとラチェリア付きの侍女マリエッタだけ。

「ラチェリア様」

「大丈夫よ、マリエッタ。今だけだから」

ラチェリアの瞳からあふれる涙は、いくら拭いても止まることがない。

(待ちのぞんでいたブラッドの子ども。あの髪色を見て、ブラッドの子ではないとは言えないわね。美しい銀色の髪は王家の血を引く証。……絶対王子として迎えいれることになるわ。そうなったら……)

アラモアナを側妃に迎えることは決まったようなものだ。

「……アラモアナ様のお話は……なんだか……」

マリエッタが一人言のように呟いた。

「え?」

「い、いいえ」

「アラモアナ様が、なに?」

「いいえ、気にしないでください」

余計なことを言ってしまったと思ったのか、慌てた様子のマリエッタを見て、ラチェリアはそれ以上聞くのをやめた。

気分を変えようと立ちあがり窓の外を見ると、色とりどりの花が庭園を染めていた。

ラチェリアから向かって右手には、黄色の花弁をピンクで縁取ったかわいらしいブッシュ・ローズ。左手には紫のカンパニュラ。そして、中央には白いニゲラ。どの花も、何にもはばかることなくそのままの姿で咲きこぼれている。

「……きれいね」

そこに揺れる花は季節ごとに種類を変えても、花が美しいことは変わらない。

（そうよ。どんなときでも、花の美しさは変わらないわ）

ラチェリアの心が醜くゆがんでも、目の前に咲きほこる花がゆがむことはないのだ。

（何も変わらない。私はブラッドの妻で、王太子妃よ。何も恐れることはないわ）

そう思うと、少し心が落ちついてきた。そして、ラチェリアの涙が止まったころ、ブラッドフォードが戻ってきた。侯爵とアラモアナ、そしてその息子のジャスティンは、すでに王宮をあとにしているそうだ。

「ラチェ……」

ラチェリアを見たブラッドフォードは、少し目を見ひらいて、早足でラチェリアに近づき、腕を伸ばそうとした。そのとき。

「父と子の対面はいかがでしたか？」

目元を赤くしたラチェリアが、優しい笑みを浮かべながら口を開いた。ブラッドフォードは立ちどまって伸ばしかけた腕を戻す。

「……うん、そうだな」

言葉を選んでいるのか、ブラッドフォードは少し困った顔をした。

「よくわからない。いきなり子どもだと言われても、急に父親にはなれない。でも……」

ブラッドフォードがわずかに言葉を止めたとき、話を遮《さえぎ》るようにラチェリアが口を開いた。

「ブラッド。私は少し疲れました」

「あ、ああ……そうだな」

少し驚いたような顔をしたブラッドフォード。

「今日はこれで失礼させてもらうわね」

そう言って笑顔のまま踵を返し、早足でその場を去ろうとするラチェリア。と同時にブラッドフォードの腕が伸びた。

「ラチェ！」

急に後ろから腕をつかまれたラチェリアが、驚いて振りかえる。その瞳には大きな涙。それが何を意味するのか、ブラッドフォードにわからないはずがない。

「君を泣かせたくはなかった」

「ごめんなさい……！」

ラチェリアは慌てて涙を拭った。

「謝らなくていい」

そう言って握った腕を自分のほうへ引きよせ、ラチェリアを抱きしめた。

「無理に、笑わなくていい」

ブラッドフォードの優しい声が、ラチェリアの触れられたくない感情を揺さぶる。ラチェリアを包む温もりが、弱くなった心をさらに弱くする。押しころしたような静かな嗚咽《おえつ》は、泣きさけぶよりよほど悲痛な叫びに聞こえた。

いつでもぴんと背筋を伸ばし、常に冷静で弱い姿などみせないラチェリアが、これまで見たこともないほど小さく弱々しい。どんなときでも前を向いていたラチェリアをここまで苦しめることが、自分たちが望んでいた子どもを得ることだなんて皮肉な話だ。

しばらくブラッドフォードの胸に、顔をうずめていたラチェリアが、静かに深く息をついてそれから顔を上げた。

「ラチェ……」

「ごめんなさい。みっともないところを見せてしまったわ」

そう言ってラチェリアは、ブラッドフォードから体を離した。その目元は赤く、しかしすでにその瞳はいつもの堂々としたラチェリアだ。

「部屋に戻るわ」

「ラチェ」

踵を返してドアに向かって歩きだしていたラチェリアが、ブラッドフォードの呼ぶ声に足を止めた。そして振りかえってブラッドフォードに見せたのは、いつもの優しい笑顔。

「今日はちょっといろいろあって疲れているから、夕食は一緒に取れないかもしれないわ」

「……ああ、わかった」

ラチェリアは少し頭を下げて、それから応接室を出ていった。ブラッドフォードはそれ以上かける言葉も見つからないまま、まっすぐに伸ばしたその背中を見おくった。

その日から世論が騒がしくなった。もちろんアラモアナとその子どもについてだ。

恋人同士だった二人のあいだにできた子ども。それも待望の男の子。ジャスティンの髪色は、王族特有の銀色で、それだけで恋人だったブラッドフォードとのあいだにできた子どもである、と証明できる。

正式にブラッドフォードの子どもと認められれば、ジャスティンは王子として王家に迎えいれられることになるだろう。それならアラモアナはどうなるのだ？　すでに王太子妃にはラチェリアがいる。アラモアナは側妃になるのか？　いやその前に、かつて恋人だった令嬢を側妃にすることを、ラチェリアが許すのか？

ゴシップ誌は連日一面に取りあげて、面白おかしく書きたてた。

『王太子妃の座にしがみつくラチェリア妃』、『ラチェリア妃、体調を崩す』、『子どももできないラチェリア妃が、本当に王太子妃にふさわしいのか？』、など、不敬《ふけい》も気にならないのか、王家の噂話を肴《さかな》に酒を飲む者たちで、酒場は連日大盛況だ。

中には、婚前に体の関係を持つ女性が、王族にふさわしいのか？　なんて声もわずかには聞かれたが、そんなことを言うのはほんの一部で、大半が好意的にアラモアナたちを受けいれ、ラチェリアを哀れな王太子妃と揶揄《やゆ》した。

根も葉もない噂も、人々が信じればそれが真実になる。

次第に宮殿内の人々までもが、ブラッドフォード殿下が本当に王太子妃として求めているのは、アラモアナ様だ。アラモアナ様こそ王太子妃にふさわしい。アラモアナ様を王太子妃として迎えいれ、ジャスティン様を第一王子にするべきだ、と声高に話す者まで現れはじめた。

しかし、これまでブラッドフォードは沈黙を守っている。アラモアナが現れてから三週間がたつというのに、二人の扱いを明確にせず、かといってブラッドフォードに会いに来る、アラモアナとジャスティンを拒むことはなく。

何度も三人でティータイムを過ごしていて、絵に描いたような美しい家族の時間だった、という話は誰もが知ることだ。宮殿内での王太子の行動が市井に流れる。これが意図的でなくてなんだというのだ。

二人の復縁は間近で、ついに王太子に王子が誕生するのか、とそのときを心待ちにしている者が、ラチェリアを見て嘲笑《あざわら》った。

好奇《こうき》の目に晒されるだけでなく、聞きたくもない話が耳に入ってくることがつらかったラチェリアは、次第に部屋にこもりがちになった。それでも、ブラッドフォードの前では普段と変わらない態度を心がけ、暗い顔など見せないようにした。だが、食事中の会話はほとんどなくなり、ブラッドフォードと目が合う回数も減った。

「これからどうなっていくのかしら」

少し温くなった紅茶に口をつけてから、ラチェリアが小さく呟いた。

ブラッドフォードの気持ちを聞きたいが、怖くて聞けない。何度も口を開こうとしたが、そのたびに、ラチェリアが結婚を承諾したときの、ブラッドフォードの蔑んだ目を思いだして口を噤《つぐ》んでしまう。

結婚をしても、ブラッドフォードが愛してくれているわけではない。それに、アラモアナの座を奪ったラチェリアを嫌う者は多い。それでも何を言われても、どんな目で見られても、自分は王太子妃なのだと必死に胸を張って、前だけを見てきた。でも、一人きりでは心が折れそうになる。

それに、側妃を迎えいれる気はないと言った彼の言葉を信じていいのかもわからない。そもそも、愛されてもいない自分に、ブラッドフォードとのあいだに子を儲《もう》けたアラモアナを拒否する権利などあるはずもない。ブラッドフォードはアラモアナと結ばれたかったのだから。

(つらいわね)

溜息をつくたびに幸せが逃げるのなら、ラチェリアの幸せはひとつも残っていないだろう。

「でも、こんなふうに閉じこもっていても仕方がないわ」

ラチェリアは急に立ちあがると、マリエッタに着替えの準備をするように告げた。

「庭園でも散歩をして、気分を変えないと」

「そうですよ、ラチェリア様。今は騒がしいですが、いつか噂話も収まりますよ」

「マリエッタ」

「殿下を信じましょう！」

「ええ、そうよ。ブラッドを信じないとだめよね」

ラチェリアにできることはそれくらいしかない。ブラッドフォードの言葉を信じる。彼は側妃を迎えいれることはないと言った。ラチェリアとのあいだに子ができるように努力をすると。

だからといって、その言葉を忠実に守ることができないことは、ラチェリアが一番理解している。子をなすことも二人には重大な使命なのだから。それならば、彼があのように言っても、いつかは側妃を迎えいれると覚悟しておかなくてはならない。それがアラモアナであることも。

ただ、もう少し待ってほしい。自分が王太子妃として自信が持てるようになるまで。愛されたいなんて図々しいことは言わない。王太子妃という名の友人でもいい。信頼がほしい。互いに信頼しあえる関係になれれば、アラモアナを側妃に迎えいれてもきっと自分は王太子妃として、ブラッドフォードの妻として立っていることができる。

マリエッタが選んだのは、身頃《みごろ》に銀糸《ぎんし》の刺繍が施《ほどこ》されたシンプルだが上品なアプリコットオレンジ色のドレス。

「明るい気分になるわね」

ラチェリアの好みはグリーンやブルーだが、このかわいらしい色のドレスはブラッドフォードがプレゼントをしてくれた特別なもので、ラチェリアの一番のお気に入りだ。だから何年も前にプレゼントされたこのドレスを今も大切に着ている。

お気に入りのドレスを着て向かった先は、ラチェリアが大切にしている庭園。

宮殿内には王族の女性が、それぞれ自分専用の庭園を持つことが許されていて、ラチェリアも自分で設計をして庭師に作ってもらった、特別な庭園を持っている。もちろん、ラチェリア以外の者が無断で入ることはできない。

庭園にはラチェリアの好きな花がたくさん咲いていて、特にフラワーアーチはかわいらしくてラチェリアのお気に入りだ。今の季節はガーベラの花も見頃だし、きっとラチェリアの落ち込んだ気持ちを軽くしてくれるはず。

自身の庭園に行くと、入り口に立つ二人の警備兵が、ラチェリアの顔を見てギョッとした。何か言いたげだったが、青い顔をしてうつむいた。

「あなた、体調が悪いの？」

ラチェリアが声をかけると、震える声で「いいえ、大丈夫です」と警備兵の一人が答えた。

「そう。無理をしないで、体調が悪かったら誰かと代わってもらいなさいね」

そう言ってラチェリアは微笑んだ。

「はい、あ、ありがとうございます」

ラチェリアは、うつむく警備兵を不思議に思いながら、庭園の中に入った。両脇に咲いたボロニアの花の爽やかな香りが、ラチェリアの鼻孔《びこう》をくすぐる。目の前のフラワーアーチには、真っ白なクレマチスがかわいらしく咲いていて、その先に見える色とりどりの花も、優しい風を受けて小さく揺れていた。

「とても美しいわね」

最近は庭園から足が遠ざかっていたから、前に見たときとは違う花が咲いていて、それがまたラチェリアを楽しませてくれた。

「見頃を逃すところだったわ」

クスリと笑ったラチェリアは、アーチを抜けてガゼボに向かうことにした。ガゼボから色とりどりの花を眺めるのも、ラチェリアのお気に入りの過ごし方だ。しかし。

「みて、おかあさま。すごくかわいいおはな！」

「まぁ、素敵ね」

聞きなれない男の子の声と、聞き覚えのある女性の声。

「いっこもらってもいい？」

「いいえ、だめよ。お花がかわいそうだわ」

「でも、おとうさまにプレゼントしたいんだもん」

銀色の髪をきらめかせたかわいらしい男の子と、ガゼボに座り昔と変わらぬ美しい容姿に、とろけるような笑顔で息子を見つめるアラモアナ。

(なぜ彼女たちがここに？　お父さま？)

アラモアナの後ろには三人の騎士。彼らは王族直属の騎士たちだ。それなら、ここがどういう場所かもわかっているはず。

「ねぇ、いいでしょ？」

「だめよ。お花は折ってしまったらすぐに枯れてしまうの。かわいそうでしょ？」

「でも……」

「いいわよ、一本くらい」

耐えきれずにラチェリアが二人の前に姿を現した。ラチェリアを見て一番驚いているのは三人の護衛騎士たち。顔をゆがめてうつむいている。

「ラチェリア様」

アラモアナも驚いてはいるが、特に悪びれた様子はない。

「ジャスティン、と言ったかしら？」

「はい」

「殿下にお花をあげたいのなら、持っていきなさい」

「ありがとうございます」

ジャスティンはうれしそうにガーベラを手折《たお》った。

「アラモアナ様」

「はい」

「この庭園は、私の許可なく入ることは許されない場所です」

「まぁ。それは申し訳ありません」

アラモアナは驚いたように少し目を大きくして、それから美しい笑顔で謝罪をした。

「後ろにいる護衛騎士や庭園の前にいた警備兵から、何も聞かされませんでしたか？」

「ええ、聞きましたわ。でも、この子が、ジャスティンがどうしても花を見たいと言うので」

紫色のガーベラを握りしめたジャスティンが、アラモアナの後ろに隠れた。

「では、もう花も手に入れて満足したでしょうから、そろそろお帰りいただいてもいいかしら？」

ラチェリアの言葉を受けて、ようやく立ちあがったアラモアナがラチェリアの前まで来た。

「とても素敵な庭園を見せていただき、感謝しておりますわ。また、見に来てもよろしいでしょうか？」

「……私が許可したときなら」

「まぁ、こんなに素敵な庭園なのに、ラチェリア様の許可がないと見られないなんて、もったいないですわ」

屈託のない笑顔で言葉を放つアラモアナに、ラチェリアは愕然《がくぜん》とした。

「ラチェリア様？」

わかっていないのか、わざとなのか。

(わかっていないはずがないわね。私が断ればさらに私の悪評が立ち、受けいれれば側妃として認めたと言われる。側妃どころか私の代わりに王太子妃になる、なんて言われていることだってわかっていらっしゃるはずだわ)

ラチェリアは溜息をついた。

「申し訳ありませんが、ここは王太子妃である私専用の庭園なのです。王族でもなく、私に招待をされているわけでもないあなた方が、気安く入れる場所ではありません」

「そんな、そんな言い方……」

アラモアナはその美しい瞳に涙を浮かべた。

「ジャスティンは殿下のお子です。王族の血が流れているのです。そのように言われていい子ではありません」

「殿下のお子であるかどうかは、殿下がお認めになってからおっしゃってください。それと、私の庭園に誰を招くかは私が決めます。たとえその子が殿下の子でも、私が招待していないのに勝手に入ることは許されません。当然、あなたも例外ではありません」

ラチェリアがそう言うと、アラモアナはグッと唇を噛んでラチェリアを見つめた。護衛騎士たちが慌ててアラモアナの前に立つ。

王太子妃であるラチェリアから、侯爵令嬢を守る王族直属の騎士。こんなばかげた構図があるだろうか？

ラチェリアは護衛騎士たちを見た。

「あなたたち、どういうつもりでこんな愚行《ぐこう》を犯したのかは知らないけれど、これ以上は職務怠慢《たいまん》で殿下に報告しなくてはならなくなるわ」

ラチェリアがそう言うと、護衛騎士たちは一様《いちよう》に青い顔をした。

「お待ちください。彼らは私のことを思って無理を通してくれたのです」

「だからなんだと言うのです。彼らには王族に仕える者として守らねばならないことがあります。それをないがしろにすれば、この国の根幹《こんかん》さえも揺るがしかねません。まさか守るべきことを相手によって捻《ね》じまげていいはずがないでしょ？」

「だからといって、彼らを責めるのは間違っています。責めるなら私を！」

アラモアナは瞳に涙を浮かべて、ラチェリアに訴えた。

「アラモアナ様……」

騎士たちは感激したようにアラモアナを見つめる。ラチェリアは溜息をついた。

「話にならないわ。あなたを責めても仕方がないでしょ？　責務を全うしていないのは彼らなのよ？」

「ですから、彼らは私のために無理を通してくれたのです！」

「ラズヒンス侯爵令嬢。これ以上の話し合いは無意味です」

「ラチェリア様！」

「……」

ラチェリアは小さく溜息をついた。

「それから、私は王太子妃です。殿下、もしくは妃殿下と呼んでください」

「──っ！」

「そろそろお引きとりを」

「……」

ラチェリアがそう言うと、騎士たちは慌ててアラモアナとジャスティンに庭園を出るように促《うなが》した。しかしアラモアナは騎士たちに「ラチェリア様と話があるので、先に行ってください」と言って彼らを遠ざけただけで、ラチェリアを見つめたまま動こうとしない。

（王太子妃である私をじっと見るなんて、ほかの令嬢だったらありえないわね）

たとえアラモアナが側妃になったとしても、ラチェリアのほうが立場が上であることに変わりはないのに。

（失踪中に苦労も多かったと聞いたわ。それもあって彼女は変わってしまったのかしら？）

「ラチェリア様は変わられましたわね」

「なに……？」

騎士の姿が見えなくなったからだろうか。強い口調になったアラモアナのその瞳は、軽蔑の色をはらんでラチェリアを見つめ、目を逸《そ》らすこともしない。

「一生懸命ご自分の気持ちを隠して、私とブラッドを応援してくださっていたころのあなた様は、すべてを私に譲ってくださったのに」

「何を……言っているの？」

「私があなたの気持ちを知らなかったと思っているのですか？　フフフ、王太子妃になって、ブラッドを手に入れたと勘違いされているみたいだわ」

「なんですって……？」

「彼は今でも私のことを愛しているんです。でも、今の立場ではそれを簡単に口にすることができないだけ」

「……」

「彼を、私に返してください」

「……」

「私はブラッドがいてくれればいいんです。王太子妃の地位なんてあなたにあげますわ。だって、それくらいしかあなたが手に入れられるものなんてないでしょ？」

「……」

「……失礼します」

アラモアナはクスリと笑って、ジャスティンの手を引きながら庭園をあとにした。

アラモアナが去ってもしばらくラチェリアはその場を動くことができなかった。体がひとつの心臓にでもなったかのように大きく脈打ち、手が震える。アラモアナのラチェリアを見すかしたような瞳が、脳裏に焼きついたまま離れない。

（……あれが、あの方の本当の姿）

「なんて失礼な人なの！」

顔を真っ赤にしたマリエッタが、声を荒らげてアラモアナが去っていったほうを睨みつけた。

「言いたい放題言われてしまったわね」

ラチェリアは大きな溜息。

「ラチェリア様……」

「私は大丈夫よ」

決して傷ついていないわけではない。でも、ブラッドフォードはもともとアラモアナの恋人だ。王太子妃にだってアラモアナがなるはずだったのだから。だから何を言われても仕方がない。

「でも、返すも何もないわよね。最初から彼は私のものじゃないのだから」

あの瞳には見覚えがある。ブラッドフォードが刺客に襲われたあのとき、ブラッドフォードに駆けよる際、アラモアナがラチェリアに対して鋭い視線を向けてきた。それは一瞬のことで、そのときは勘違いだと思ったがそうではなかった。

アラモアナはラチェリアの気持ちを知っていた。それならあのころの彼女の行動は、ラチェリアに対する牽制《けんせい》だったということか。

思いだすこともつらい過去の出来事が、一気に頭の中を駆けめぐった。

「そんなことにも気がついていないなんて、私は本当に間抜けだわ。だからこんなことになるのよ」

アラモアナたちが庭園に入ってくるなんて、考えもしなかった。

護衛騎士たちもまずいとは思っていたのだろう。しかしアラモアナの希望を無視することもできない。それならラチェリアがいないうちにこっそり入って、知られないうちに出ればいいだろう、と安易なことを考えたに違いない。

ずいぶんラチェリアが軽い存在になってしまったようだ。

王族直属の騎士を三人も引きつれて宮殿内を歩くアラモアナとジャスティンのことを、ブラッドフォードが大切にしていると人々が受けとるのはわかる。

実際、大切に思っているから、騎士を三人も付けているのだろう。特にジャスティンは、王太子の唯一の子どもとして、傷ひとつ付けないように守らなくてはならない、と思っているのは理解できる。

だが、だからといって王太子妃であるラチェリアを軽視する理由にはならない。たとえ、王子を産んだ女性だとしても、今はラチェリアのほうが身分は上なのだ。

(そういえば)

アラモアナが、ジェレミアの所にあいさつに行ったと聞いた。以前からジェレミアと親交があったことは知っているが、塞ぎこんでいたジェレミアは人と会うことを嫌がっていた。それなのに、アラモアナは何度もジャスティンを伴ってジェレミアを訪ねている。

ブラッドフォードとジェレミアの関係はきわめて悪い。そしてラチェリアに対しても、ブラッドフォードの婚約者となってからは、それまで以上にジェレミアがいい顔をしなくなった。それどころか、ラチェリアがあいさつに行っても会おうともしない。それが、アラモアナのことは快く迎えいれている。

(ブラッドと恋人関係にあったアラモアナ様を、なぜ受けいれているのかしら?)

何度となく頭をよぎったのは、アルフレッドとアラモアナが恋人関係にある、と使用人たちが話していたことと、ジェレミアの庭園で見た男女の姿。

そんなはずはないと思っているのに、心の隅でずっとわだかまっている疑念が、もしかしたらと勘繰っている。

(ばかね。二人は子どもをなした関係なのよ。もういい加減こんな品のない噂は忘れなくてはいけないわ)

ラチェリアは大きな溜息をついた。

せっかくゆっくりと花を愛《め》でようと思っていたのに、そんな気持ちもすっかり萎《な》えてしまい、空しさがじわじわと心を冷やしていく。

「戻りましょうか」

「ラチェリア様……」

マリエッタの心配そうな顔に「大丈夫よ」と微笑んで、ラチェリアはゆっくりと歩きだした。

庭園を出るときに、ラチェリアが横目でチラッと見た警備兵は、真っ青な顔をして震えていた。

結局、護衛騎士たちの行動について、ラチェリアがブラッドフォードに何かを言うことはしなかった。彼らも断れない立場だ。ブラッドフォードの寵愛を受けるアラモアナと、お飾りのラチェリア。どちらを優先するかなんて考えなくてもわかる。


「明日は孤児院に行こうかしら？」

最近宮殿内が落ちつかず、ラチェリアの公務がいくつかキャンセルになって、時間が空いてしまった。それなら宮殿にいるより、孤児院で子どもたちと遊ぶほうが、よほど気分転換になるはずだ。それに、前のチャリティーで、子どもたちが焼いたリンゴのパイがとても好評だったから、次はもっとたくさん焼くとビビが張りきっていた。今後もリンゴのパイを作るのであれば、リンゴを定期的に仕入れることを考えてもいいかもしれない。

遺品の販売会も、概《おおむ》ね受けいれてもらえたことで、確かな手ごたえを感じた。今後も続けていくことを視野に入れて、販売会のこれからの在り方について、詰めた話し合いをしたいところだ。

（司祭様と次のチャリティーの打ち合わせができるといいのだけど。孤児院に行ってから、ちょっと寄ってみようかしら？　最近は刺繍もしていなかったからちょうどいいわね）

ラチェリアは、今日の空いた時間を刺繍に費《つい》やすと決めた。

「そうと決めたらさっそく始めましょう」

しまい込んでいた白いハンカチと刺繍道具を出してきて、窓際に置かれたイスに座り、ラチェリアはしばらく無心で針を刺した。

ハンカチは全部で三種類。クライミングローズのつると、白い小さなローズで縁取ったハンカチと、花の周りを飛ぶ黄色い蝶がかわいらしいハンカチ。それにピンクの花束の華やかなハンカチ。どれもラチェリアの渾身《こんしん》の作品だ。すでに三枚ずつ刺しているが、あと二枚は完成させたい。

時間を忘れて刺しつづけたラチェリアは、マリエッタの声に気がついてはっと顔を上げた。ラチェリアが、その手を止めて辺りを見まわすと、窓の外がずいぶん暗くなっていた。集中していたせいでまったく気がつかなかったが、ずいぶんと長い時間刺繍をしていたようで、首と肩が重くて痛い。

「ラチェリア様」

「ええ」

「そろそろ夕食のお時間です」

「そう。ちょうどいいわね。少し目も疲れてきたし」

そう言って乾いた目をギュッと閉じた。

「それで……」

マリエッタが何やら口ごもっている。

「どうしたの？」

「先ほど給仕係が来て」

「そう。それなら急がないといけないわね」

「いえ！」

「なに？　どうしたの？」

困ったような様子のマリエッタは、ラチェリアに申し訳なさそうな顔をした。

「あの、夕食に……アラモアナ様とジャスティン様が同席されるそうです」

「え？」

思わずラチェリアの眉間にシワが寄る。

「申し訳ございません」

「なぜ、あなたが謝るの？」

青い顔をするマリエッタを見て、ラチェリアは困ったように眉尻を下げた。

「いえ、もうなんだか悔しくて。なんと言ったらいいか」

マリエッタの瞳に涙が滲んでいる。

「私のためにいてくれるの？　うれしいわ」

「……」

ラチェリアはマリエッタを抱きよせた。

「私は大丈夫よ。心配をしてくれてありがとう」

「いえ。……私、なんのお役にも立てなくて」

「そんなこと言わないで。あなたがいてくれて私はとても心強いわ」

そうは言ったが、食堂に向かうラチェリアの足取りは重い。できることなら行きたくはない。

（ブラッドは、彼女を側妃にしようとしているのかしら）

聞かなくたってわかる。

（……ブラッドに側妃を勧めたのは私よ。それなのにアラモアナ様がその対象になったら文句を言うなんて間違っているわ）

ラチェリアさえ受けいれればすべてが解決するのだ。皆が望んでいた王子が誕生して、ブラッドフォードは愛するアラモアナと結ばれる。

国中の人々がそれを望んでいるのだと思うと、自分だけが立場を弁《わきま》えずにわがままを言っているようにさえ感じてしまう。

（私のすべてが否定されている気分だわ。……実際そうなのだけど）

ラチェリアが食堂に着くと、給仕係がドアを開けようとした。が、中から声が聞こえてきて、ラチェリアがそれを手で制した。

「おとうさま」

「……」

「まぁ、ジャスティンったら。お父さままではなくて殿下とお呼びしないと」

「えー、ぼくのおとうさまなのに？」

すねたようなジャスティンの声。

「……」

「ジャスティン、今はお父さまとは呼べないのよ。わかってちょうだい」

「ぼくのおとうさまなのに……」

「……構わない」

静かなブラッドフォードの声が聞こえる。

「ブラッド」

「今だけだ」

「よかったわね、ジャスティン。お父さまがお許しくださったわ」

「おとうさまってよんでいいの？」

「そうよ、お父さまがそう呼びなさいって」

「やったぁ！」

うれしそうな男の子の声は、とてもよく聞こえた。

「王太子妃が来たら、お父さまではなく殿下と呼びなさい」

ブラッドフォードが、抑揚のない声でジャスティンに言った。

「わかった？　ジャスティン。ラチェリア様の前では、お父さまではなく、殿下とお呼びするのよ」

アラモアナの優しく諭すような声。

「なんでぇ？」

「まだラチェリア様は、あなたのことを認めてくださっていないのよ」

「みとめるってなに？　ぼくのおとうさまはおとうさまでしょ？」

「ラチェリア様は、ご自身に御子ができないから……」

「ラズヒンス侯爵令嬢！　やめないか」

思いがけず、ブラッドフォードの声が大きく響いた。

「ごめんなさい。私ったら余計なことを」

「……」

ラチェリアは手を握りしめて、立ちつくしていた。扉の前に立つ給仕係も、青い顔をしてラチェリアの様子をうかがっている。

「ラチェリア様」

マリエッタがラチェリアの手を握った。その瞳が涙で潤んでいた。

「あなたはこのごろ泣き虫ね」

「すみません」

「大丈夫よ。それからあなた、ジュリ？」

ラチェリアが扉の前に立つ給仕係を見た。

「は、はい」

給仕係のジュリは、まさかラチェリアが自分の名前を知っているとは思わず、驚いて少し声が大きくなってしまった。

「私がここで話を聞いていたことは、内緒にしてちょうだい。盗み聞きなんてお行儀《ぎょうぎ》が悪いもの。ね？」

「は、はい！」

「ありがとう」

ラチェリアはニコッと微笑んだ。

「開けてちょうだい」

ラチェリアがそう言うと、ジュリが扉を開けた。三人が一斉にラチェリアを見る。ラチェリアは目を見はり、そして落胆《らくたん》をした。ただ、その様子を誰かに気取られることはなく。

「皆さま、お待たせして申し訳ございません」

ブラッドフォードの右側は、本来ラチェリアの席だが、今はアラモアナとジャスティンが座っている。しかし、ラチェリアは何も言わずに、ブラッドフォードの左側に座った。そして、正面にアラモアナ。

（私の席にアラモアナ様が座っても、誰も何も言わないのね。ブラッドでさえも）

慣例《かんれい》として、王太子の右側の席は、王太子妃の席となっているのだが、それを知らないアラモアナではないはず。悪びれる様子もなく微笑む姿が、素からくるものではないと知ってしまえば、彼女の神経の図太さには感心さえしてしまうほどだ。

ラチェリアは思わずクスリと笑ってしまった。

「まぁ、ラチェリア様、何か面白いことでもありましたの？」

ラチェリアの様子を見てアラモアナが口を開いた。

「ええ、とても面白いですわ」

「まぁ、何が面白いのか教えてくださいませ」

「フフフ、内緒です。私だけが面白いと思っていることですし、気になさらないでください」

ラチェリアはそれ以上何も言わずに、グラスに手をかけた。

(口が裂けても言わないわ)

「……」

アラモアナは一瞬むっとしたような表情をしたが、すぐにいつもの美しい笑みを浮かべた。

「おとうさま、ぼく……」

ジャスティンが口を開いた。

「まぁ、ジャスティンったら。お父さまではなく、殿下とお呼びしなさいって言っているでしょ」

アラモアナはちょっと困ったように笑う。

「でも、さっきはおとうさまってよびなさいっていったよ。ね？　おとうさま」

「……ああ」

ブラッドフォードは、わずかに眉間にシワを寄せて返事をした。

「ジャスティン、たとえ殿下がお父さまと呼んでいいとおっしゃっても、今はだめよ」

そう言ってアラモアナは、ラチェリアをちらっと見る。

「いいのよ」

ラチェリアは二人に精一杯の笑顔を向けた。

「お父さまとお呼びしなさい」

「ラチェリア様」

「……」

ブラッドフォードが目を見ひらいてラチェリアを見ている。

「ブラッドが望んでいるのに、私がそれについて何かを言う気はないわ」

「ラチェ、僕は……」

「ブラッド、私のことは気にしないで」

「……」

「さぁ、食事を始めましょう」

重苦しい雰囲気の中始まった食事は、徐々に楽しい歓談《かんだん》へと変わっていった。会話の中心は、アラモアナとジャスティン。そしてときどきブラッドフォードが返事をする。ラチェリアはただ静かに食事をしていた。

（家族で食事をしながら笑いあう美しい画だわ。私は異物《いぶつ》ね。傍観者《ぼうかんしゃ》ってところかしら）

おいしいはずの料理からは味を感じることができず、そのせいで食事が進まないラチェリアは、ほとんどの料理を果実酒で流しこんだ。そのあいだも、アラモアナとジャスティンの楽しそうな笑い声がやむことはない。

「おとうさま、さっきプレゼントしたおはなは、おうたいししさまのおにわからもらったんです」

紫色のガーベラのことを言っているのだろう。

「……王太子妃の庭園に行ったのか？」

「ええ、とても素敵な庭園でしたわ」

アラモアナが答えた。

「ラチェ」

ブラッドフォードが眉間にシワを寄せてラチェリアを見た。

「私たち、無理を言って、ラチェリア様の庭園に入れていただいたのです。とてもきれいだったので夢中になってしまって。本当に素敵でしたわ。あんなに美しいガゼボを見たのは初めてです。ぜひ、また庭園の花を愛でさせていただきたいですわ」

アラモアナはラチェリアを見てニコッと笑う。

「ラズヒンス侯爵令嬢。あの庭園は王太子妃が大切にしているものだ」

「え？　ええ」

ブラッドフォードの抑揚のない低い声に、アラモアナは驚いたように返事をした。

「勝手に入っていい所ではない。護衛と警備兵は何をしていたのだ」

ブラッドフォードの怒りが混じったような声に、アラモアナは目を見ひらいた。まさかそのようなことを言われるとは思わなかったのだろう。

「ご、ごめんなさい、私たち知らなくて。一度は断られたけど、無理を言ってしまったの。彼らは悪くないわ」

突然重くなった空気。

「いいのよ、ブラッド」

「しかし」

「アラモアナ様は宮殿内のことについて、何もご存じないのだから、仕方がないわ」

「なっ――！」

ラチェリアの言葉を聞いて、アラモアナの顔が少し青くなった。その様子をちらっと見たラチェリアは、グラスを手にしてゆっくりと喉を潤《うるお》す。

「おかあさま、もうおはなをみにいけないの？」

ジャスティンがかなしそうな顔をして、アラモアナを見あげた。

「……ええ、ごめんなさいね、ジャスティン。私たちはあの庭園に入ることを許されていないの」

「どうして？　またおはなをみたいよ」

「わがままを言わないで」

「ぼく、あのおにわにまたいきたい！」

「ジャスティン、いいかげんにしなさい」

ブラッドフォードが口を開いた。するとジャスティンは、ブラッドフォードの横まで行って、涙目で訴えはじめた。

「おとうさま、ぼくはまたむらさきいろのおはなを、おとうさまにプレゼントしたいんです」

「ジャスティン、お花なら侯爵邸にもあるわ。今度摘《つ》んできましょう」

「やだ！　あのむらさきいろのおはながいいの！　あのおはなじゃないとだめなの！」

大粒の涙をこぼしはじめたジャスティンが、アラモアナに大きな声を出した。

「ジャスティン……」

紫のガーベラは、ラチェリアがキルディア公国のマリア大公夫人から、特別に種を分けてもらった貴重なものだ。おそらく、ガゼル王国内では、ラチェリアの庭園にしか咲いていない。

「ぼく、あのむらさきのおはながだいすきなんだもん。ねぇ、いいでしょ？」

ジャスティンは、小さな子どもらしく、一生懸命お願いをしている。きっと四歳の子どもなら、このようなわがままなど普通のことなのだろう。

「ジャスティン、お願いだから我慢をしてちょうだい」

涙をこぼしながら訴えるジャスティンをアラモアナがなだめているが、お願いを聞いてもらえなかったジャスティンの泣き声は、次第に大きくなっていく。

ブラッドフォードは、突然の騒動に唖然《あぜん》としていた。なぜこんなことになったのか、理解が追いついていないのだろう。

三人の様子を見ていたラチェリアが、諦めたような顔をした。

「いいですよ、花を摘むだけなら」

そう言いながらナフキンで軽く口を拭く。

「ラチェ？」

「ジャスティンが花を摘むだけなら……庭園に入るくらい構いません」

「ほんとう？」

途端に泣きやんで、うれしそうに笑顔を見せたジャスティン。

「花たちも、ただそこに咲いているより、誰かに見てもらえたほうがうれしいでしょう」

「ありがとうございます」

ジャスティンがかわいらしい笑顔でお礼を言うと、ラチェリアはその言葉に微笑みかえしてから立ちあがった。

「ラチェ？」

「私は疲れましたので、不作法《ぶさほう》で申し訳ありませんが、ここで失礼させていただきますわ。あとはゆっくり楽しんでください」

「ラチェ」

ラチェリアは、ブラッドフォードの呼びかけにも応えず、食堂を出ていった。その瞳には、落胆と諦めと。

王族だけが持つことを許された、宮殿内の特別な庭園。特に王族の女性たちにとっては、力を表すひとつの重要なアイテムとして、昔から大切にされてきた。外国との交流がある者は、外国の珍しいものを飾り、外国の花を咲かせた。財力のある者は、ガゼボにきらめくたくさんの宝石を埋めこんだ。

美しい花が咲きみだれる特別な庭園と、その中に佇《たたず》む特別なガゼボ。そのガゼボに呼ばれることは、人々にとってとても名誉なことで、庭園の主の寵愛を受けている証でもあったのだ。

今でこそ、庭園をそこまで重要な存在と考えている者は減ったが、少なくとも王妃は昔からの考え方を貫いているし、それは誰もが知っていることだ。

それに、アラモアナはすでに何年も前に、王妃からガゼボに招待されている。つまり、アラモアナはすでに、王妃の後ろ盾を得ているということなのだ。反対にラチェリアは一度も招待をされたことがない。

そしてラチェリアも、王妃同様に庭園を重要な存在と考えていた。外交でも大きな役割を果たしてきた庭園は、王族だけが持つことを許された特別なもの。王太子妃としての矜持、と。

それなのに、あの場を収めるためとはいえ、庭園に入っていいなんて言ってしまった。

「ラチェリア様、よろしかったのですか？」

「何が？」

「庭園です」

「……あの場にいたのだからわかるでしょ？　子どものわがままでちょっと庭園に入って、花を手折るくらいで、目くじらを立てる必要はないわ。……私が少し我慢をすればいいのよ。それだけのことだわ」

　それに、アラモアナがラチェリアに対して、あのように対抗心を燃やす理由がわからないわけでもない。いまだに自分たちの立場が明確にされておらず、ジャスティンがブラッドフォードの子どもである、と公言されていない今の状態では、不安や不満を感じて、虚勢を張ってしまうこともあるだろう。

　しかし、ブラッドフォードが何も考えていないはずがない。しっかりと態勢を整えたうえで、ジャスティンを王子として、アラモアナを側妃として迎えいれることになるはずだ。それなら、無駄に足を引っぱりあうより、少しでも関係を良好にしたほうがいい。そのために、ラチェリアがちょっと譲歩《じょうほ》すればいいだけの話だ。

（そうよ。これでいいのよ……）

　ラチェリアは自室に戻ると、身を清めて夜着に着替え、再び刺繍を始めた。

　今日は房事の日だが、ブラッドフォードは来るだろうか。二人はアラモアナたちが現れてから、一度も夜を共にしていない。

「ブラッド」

　呼んでも応えてはくれない夫の、眉間のシワを思いだす。ラチェリアに笑顔を向けることがなくなったブラッドフォードだったが、今日は少し穏やかな顔に見えた。きっとアラモアナとジャスティンがいたからだろう。相変わらず口数は少なかったが、それでもラチェリアと話をしているときより、ずっと多くその声を聞いた。

ラチェリアはドアを見つめて「今日も来ないわね」と呟いた。

完成したハンカチをきれいに畳んでテーブルに置き、立ちあがると真っ白なシーツのかけられたベッドに座った。ずっと刺繍をしていて目がとても疲れているのに、なぜか眠れる気がしない。

空を見れば満天の星が輝いている。ベッドに潜りこんだラチェリアは、その瞳に涙を浮かべたまま、長い時間をかけてようやく眠りに就いた。

ラチェリアが意識を手放してしばらくしたころ、寝室のドアを誰かがノックした。返事はない。静かにドアが開き、音を立てずにベッドに近づいて、寝息を立てているラチェリアの顔をのぞき込んだのはブラッドフォード。

「ラチェ……」

その無防備な寝顔はあのころのまま。思いだされる幼いラチェリアは、優しくて、かわいらしくて、まっすぐにブラッドフォードを見つめる瞳が眩《まぶ》しくて。

ラチェリアを眺めながら、美しく柔らかいストロベリーブロンドの髪を優しくなで、額にくちづけを落とし、再びその柔らかい髪をなでた。

しばらくそうやって過ごしてから、ブラッドフォードは寝室を静かに出ていった。

公務のために隣国に行っていて、二十日ぶりに帰ってきた日の翌朝。

ラチェリアは頭に花瓶を叩きつけられたような、そんな衝撃を受けてソファーに座りこんだ。

「……もう一度、言って」

マリエッタは瞳に涙を浮かべながら、たった今聞いてきた話をもう一度ラチェリアに伝えた。

「アラモアナ様が、連日ラチェリア様の庭園に、令嬢たちを呼んで、お茶会を開いていたと」

「……」

「王妃殿下も、一度足を運ばれたそうです」

「……」

「ラチェリア様が、好きに花を摘んでいいとおっしゃったと。だ、だから、招かれた令嬢たちが、庭園の花を手折って、も、持ってかえった、そうです……」

「……」

「……ラチェ、ラチェリア様が、庭園を、ア……アラモアナ様に、お譲りしたと、言っている者もいます」

マリエッタは泣きながら、必死に言葉を吐きだし、ラチェリアはぼろぼろと涙をこぼした。

確かにラチェリアは、花を摘むだけなら庭園に入ってもいいと言った。ジャスティンが花を摘むだけなら、と。

（もう、これ以上は、無理だわ）

ラチェリアの最後の砦《とりで》が汚された。すべてを奪われても、庭園だけは守りたかったのに。愛されなくても、子ができなくても、他人がラチェリアを王太子妃と認めなくても、庭園だけは自分が王太子妃として認められた証として、大切にしていたのに。

もう、自分には守るものも、守ってくれるものもない。もう、何もないのだ。

「私はなんなの？　私は誰なの？　私は！　……なんのためにこうして苦しんでいるの……」

その日、ラチェリアはベッドから出ることもできず、ひたすら泣きつづけた。誰の指示なのか医師が駆けつけたが、マリエッタが部屋の前で追いかえした。食欲もまったく湧かない。

一度だけ、ブラッドフォードが訪ねてきたが、寝ているからと言って、マリエッタが部屋に入れなかった。

もちろん一介《いっかい》の使用人が王太子の訪問を断るなど、不敬以外のなにものでもないが、外交と心労による疲れから来るものだから、ゆっくりと休ませてあげてほしい、と震える声でマリエッタに言われ、ブラッドフォードは渋々《しぶしぶ》戻っていった。そのあいだ、ラチェリアは声を殺して泣いていた。

ブラッドフォードが訪ねてきたのはその一度きり。その代わり、毎日色とりどりの花束が届けられた。ラチェリアはその花束を、一度も目にすることなく処分させた。

「……なんのための花束なの？　意味がわからないわ……」

もし、何度断ろうとも諦めずに、ブラッドフォードがラチェリアを訪ねてきたら。花なんかでごまかさず、そのうちにある思いをラチェリアにぶつけてくれれば、何か変わっていただろうか。

「……何も変わらないわね。ただ私が苦しいだけ」

ブラッドフォードが、アラモアナの立場を明確にしていないことが、そもそもの原因。アラモアナの立場さえはっきりしていれば、こんなことは起こらなかったかもしれないのだ。

アラモアナが不安や不満を抱えていることはわかる。ブラッドフォードがジャスティンを自分の子どもだと公言しないため、実はブラッドフォードの子どもではないのでは？　なんて話も聞こえはじめていて、アラモアナは胸中《きょうちゅう》穏やかではなかったのだろう。だからといって、今回の行動を受けいれることなんて到底できない。

ラチェリアが寝こんだ日から三日後。体調不良を理由に一度も部屋を出ず、誰とも面会をしなかったラチェリアのもとに、父ウィリアムが訪ねてきた。

「ラチェ」

「お父さま……」

久しぶりに見た父の顔は、心配でゆがんでいる。駆けよって抱きついたラチェリアは、幼いころのように父の背中に手を回し再び涙をこぼした。

「ラチェ、やつれたな」

「……」

「すぐに会いに来ることができず、すまない」

「いいえ……お父さまはお忙しいのですから……」

ラチェリアは首を振って、しばらく泣きつづけた。ここ数日、体の水分がすべてなくなるのではと思うほど泣いたが、まだまだいくらでも泣くことができる。ただ、泣きすぎて目も頭も痛い。

それでも、ウィリアムの大きな胸に抱かれ、ラチェリアの背中をなでる、温かい手の温もりを感じると、安心してさらに涙が出てくるのだ。

「お父さま、私、離婚しようと思います」

「わかった」

「……許してくださるの？」

不安そうに顔を上げたラチェリアは幼い少女のようだ。

「許すも何も、私はもともとこの結婚に賛成していたわけではない」

「……そう、でしたわね」

「もうお前は十分自分を犠牲《ぎせい》にした。ラズヒンス侯爵令嬢もいるし、息子もいる。お前は自由になっていいだろう」

「……はい」

ラチェリアの瞳から再び涙がこぼれた。

ラチェリアが身を引けば、晴れてアラモアナを王太子妃として迎えることができるし、同時に息子を得ることができる。表に出てこなくなったとはいえ、王妃ジェレミアの後ろ盾を得ているアラモアナがいれば、ブラッドフォードの地位は盤石なものとなるはずだ。

どうにかラチェリアの涙が止まったところで、二人はソファーに座った。目の前に置かれた紅茶からゆらゆらと湯気が上っている。

「大丈夫だ。陛下には私からうまく言っておく」

「ありがとうございます」

「殿下にも私が言ってもいいが」

「いいえ、それは私が」

ブラッドフォードには自分で伝えたい。

「それで、離婚したらこの国を出ようと思います」

「そうか」

離婚をすれば、それだけで家に迷惑をかけることになるし、口さがない人たちや、物理的に危害を加えようとする人たちもいることを考えれば、姿を隠すのが一番安全だ。

「どこに行くつもりだ？」

「ユヴァレスカ帝国へ」

「ユヴァレスカ帝国か。なるほど。あそこならお前も安全だ。帝国の保護法で、たとえ犯罪者だとしても他国への引きわたしには慎重で、面倒な手続きが必要になるからな。何か問題が起きても、時間稼ぎくらいはできるだろう」

「はい」

「わかった。帝国に屋敷をひとつ用意しておく」

それを聞いたラチェリアが首を振った。

「いいえ、お父さま。それには及びません」

「なぜだ？」

「私はミシェル叔母さまの所に行こうと思います」

「ミシェルか」

叔母のミシェルは母イライザの腹違いの妹。ラチェリアは幼いころにミシェルとその夫ジェイクスに会ったことがあり、とても世話になったし、とても幸せな時間だったと記憶している。ミシェルはいろいろと訳ありで、ラチェリアの叔母であることを知るのはこの場にいる二人と、侍女のマリエッタだけ。

「少しのあいだ、叔母さまの所に身を寄せさせていただいて、落ちついたら小さな部屋でも借りて、自分でお金を稼いで生きていこうと思っております」

「なんだと？」

「あ、少しは援助してくださいませ。まったくのお金なしでは生きていけませんから」

ラチェリアはそう言って頼りない顔で笑った。

「しかし」

「私は平民として生きていきます」

「ならん」

ウィリアムは少し声を荒らげた。

「お父さま。私はもう自由になりたいのです」

「しかし、お前が平民なんて」

「私は、大丈夫です。どうにかなりますわ」

ウィリアムは大きく溜息をついた。

「なぜ、そんなところだけイライザに似てしまったのだ」

快活《かいかつ》で破天荒《はてんこう》で大胆なイライザ。その太陽のような笑顔でウィリアムを振りまわした、帰らぬ愛しい妻。

「フフフ、頑固なところも似ているとおっしゃっていましたわ」

「……ああ、そうだったな」

ウィリアムがラチェリアの頭をなでた。

ブラッドフォードの婚約者候補の打診が来たとき、断ることもできたが、ラチェリアが受けたいと言ったから、渋々承諾をした。

しかし、婚約者に決まっても冷たい態度を取るブラッドフォードに腹を立てたウィリアムが、婚約の解消を何度もラチェリアに提案した。しかしラチェリアは、首を縦には振らなかった。

そして、予定どおり二人は結婚した。父親としては、娘には幸せになれる結婚をしてほしいが、貴族の世界では本人の気持ちより家のため、国のための婚姻が常識。それならせめて、娘を大切にするという約束がほしい。

二人が結婚をしたとき、ウィリアムは「必ず、娘を幸せにしてください」と言ってブラッドフォードに頭を下げた。愛する男に愛されないとわかっていながら嫁ぐ、娘の覚悟に応えてほしい。女性として愛せないのなら、せめて信頼のできるパートナーとして大切にしてほしい。それがウィリアムの願いだった。

しかし、結婚をしてもブラッドフォードの態度は変わらなかった。それに対して怒りをあらわにしたウィリアムが、離縁をしたくなったらすぐに言うように、とラチェリアに言った。残念ながら、ラチェリアは一度もそんなことを言わなかったし、それどころか「ブラッドのそばにいられるだけでも幸せよ」と笑っていたが。

こんなことになるなら、婚約者候補の打診を受けなければよかった。

「いつここを出る？」

「なるべく早く、離婚が成立したらすぐにでも」

「わかった。神殿にも話を通しておく。書類をそろえたら陛下に進言しよう」

「陛下はお許しくださいますでしょうか？」

「今の状況では、陛下もうなずかないわけにはいかないだろう。それに、私を敵に回したくはないだろうからな」

「申し訳ございません、お父さま」

「謝らないでくれ。私はお前を助けてやることができなかった。だから、これくらいはさせてくれ」

「ありがとうございます」

頭を深く下げて肩を震わせるラチェリア。ウィリアムは、その頼りなげな肩を優しく抱きよせた。

マリエッタが小さくドアをノックする音が聞こえた。

「ラチェリア様」

「……どうしたの？」

「王太子殿下がお見舞いにいらっしゃるそうです」

先触《さきぶ》れがきたと伝えるマリエッタの言葉に、ラチェリアは困った顔をして、ウィリアムは苦々しい顔をした。

「これから？」

「すぐいらっしゃるそうです」

ウィリアムが来ていると知って、ラチェリアと面会ができると思ったのかもしれない。

「私が断ろう」

「お父さま」

ウィリアムはラチェリアの頭をなでた。

「私も彼には言いたいことがあるからな」

「……」

ウィリアムが立ちあがってドアの前に立つと、同じくらいのタイミングでマリエッタから、ブラッドフォードが来たと告げられた。そして、マリエッタがドアを開けるより先に、ウィリアムがドアを開けそのまま廊下に出た。

突然目の前に姿を現したウィリアムに驚いて、言葉を詰まらせるブラッドフォード。

「……パラタイン侯爵。……ラチェリアの容体は？」

「娘はベッドで休んでいます。ですから、殿下はお引きとりください」

「それなら少しだけでも顔を見てから」

「殿下、ラチェリアは心労で倒れました。それなのに、その心労の元凶《げんきょう》が目の前に現れたら、心臓が止まってしまいます」

「なんだって？」

「おや、その自覚もありませんか？」

「言っていいことと悪いことがあるぞ」

「ハハハ、ならこれは言っていいことですな」

「侯爵！」

「殿下」

ウィリアムが急に声を低くした。その目は鋭く、ブラッドフォードを射ぬきそうなほどだ。

「私は殿下に、ラチェリアを幸せにしてくださいと言ったはずです」

「……」

「殿下は、私の言葉も娘のことも、ずいぶんと軽《かろ》んじてくださいましたな」

「そんなつもりはない」

「では、ラチェリアは幸せだと？」

「……私は彼女を大切にしている」

「なんと！　殿下は目を開けて寝言を言うのですか」

「なに？」

「ハハハ、滑稽ですな。心労で倒れるほどラチェリアを追いつめておきながら、大切にしていると言い、ラチェリアは幸せだろうと勘違いをして、自己満足を押しつける。なんと未熟で愚《おろ》かな戯言《ざれごと》か！」

「いいかげんに――っ！」

「舐《な》めるなよ、小僧」

ウィリアムがブラッドフォードの胸ぐらをつかんだ。

「――っ！」

「殿下がラチェリアを手に入れることができたのは、彼女が殿下を愛したからだ。彼女が殿下に興味を示さなかったら、いくら愛を乞《こ》うても手に入れることはできなかった。この程度の男にラチェリアが傷つけられるなんて」

互いに睨みあいながら、それでもウィリアムは、ブラッドフォードの胸ぐらをつかんだ手を緩めることはない。

「……」

「本当に殺してやりたいよ」

「ハハハハ、ならここで私を斬りますか？　それとも、糾弾《きゅうだん》しますか？　やれるものならやってみなさい。私はいくらでも受けて立ちますよ」

「ふ、不敬だぞ」

「殿下は忘れてはいけない。ラチェリアがいたから、生きながらえたことを。私がいたから、今の地位を手に入れることができたことを」

「クッ」

ウィリアムが乱暴にその手を離すと、ブラッドフォードはふらふらっと後ろによろめいた。

「……」

「戻りたまえ。そしてその間抜けな顔を、二度と見せないように」

「……」

ブラッドフォードは力なくうつむいて、踵を返して執務室に戻っていった。その後ろ姿は小さく頼りない。

「本当に愚かな男だ」

人払いをし、二人きりの執務室。ウィリアムの言葉に、国王が難しい顔をして溜息をついた。

そして同じころのブラッドフォードの執務室。ラチェリアとブラッドフォードが向かいあって座り、お茶の用意をした侍女も退室し、こちらも執務室に二人きり。

「体調はもういいのか？」

珍しくブラッドフォードから声をかけてきた。

「はい、ご心配をおかけいたしまして申し訳ございません」

「いや、いいんだ。ラチェはとても疲れていたんだから」

「……」

ラチェリアは微笑むだけで口を開かない。いつもなら、ブラッドフォードに心配をかけないようにと、気の利いた言葉を言ってくれるのに。ブラッドフォードは、ラチェリアの違和感に気がつかないふりをして話題を変えた。

「庭園のこと、すまなかった」

「いいのよ、もう過ぎたことだわ」

「だが」

「あなたも視察でいなかったのだから、そのことについて謝る必要はないわ」

「……」

ブラッドフォードはラチェリアの言葉を聞いて、ほっとしたような顔をした。

ラチェリアの目の前に置かれたのは、茶葉に香りをつけた珍しい紅茶。カップからは、ゆっくりと湯気が上り、桃の甘い香りが部屋に広がっている。カップに口を付けるとさらに桃の香りを強く感じた。

「とてもおいしいわ」

「それは良かった。ラチェのために取りよせたんだ」

「そうなの？　うれしいわ」

「今まで気が利かなくてすまなかった。これからはもっと努力するよ」

必死にラチェリアの機嫌を取っているブラッドフォードを見ていると、思わず笑ってしまいそうになる。あんなにそっけなかったのに、いったい何が彼をここまでさせるのか。

「フフフ、その必要はないわ」

「え？」

「私のために無駄な労力を使う必要はないの」

「何が無駄なんだ！　僕は君の夫だ――」

「ブラッド」

「な、なんだ？」

ラチェリアの表情からは、いつもの笑顔も優しさも感じない。ただ、淡々とした様子で、二人のあいだに大きな溝でもあるかのようだ。

「離婚しましょ」

「……は？」

「私たち、離婚をしましょう」

「ばかなことを言うな。離婚なんてありえない！」

ブラッドフォードが声を荒らげた。

「なぜ？　あなたにはアラモアナ様とジャスティンがいるのよ？　私がいつまでも王太子妃の

座にしがみついていたら、あなたたちは幸せになれないのよ？」

「そんなことは関係ない」

「関係あるわ。アラモアナ様を側妃に迎えいれるの？　今、周りがなんと言っているか知っている？　アラモアナ様こそ王太子妃にふさわしい。王太子妃は必死にその座にしがみついてみっともない、ですって」

「誰がそんなことを」

「皆よ」

「少なくとも、僕はそんなこと思っていない」

「……そう。うれしいわ」

「それに、僕は君以外の誰かを迎えいれることはないと言ったはずだ」

「……本気なの？」

「当たり前だ。僕が簡単に自分の言葉を捻じまげると思っているのか？」

それが貫けるのなら、そう言いつづけることも悪くはない。だが、現実はそんなに簡単ではないのだ。

「ジャスティンはどうなるの？」

「あの子は、君の子どもとして受けいれるつもりだ」

「あんなに小さい子どもを母親から引きはなすの？　アラモアナ様から子どもを奪いとるということ？」

「心配はいらない。会いたいときは、いつでも互いに会えるように取りはからうつもりだ」

「……そう」

ほんのわずかに揺れた心が、ブラッドフォードの言葉で一気に冷たくなっていった。今の状況を変える気はない、というわけだ。

（結局、何もわかっていない。自分の言った言葉を曲げない？　そろそろ、曲げてくれないかしら）

アラモアナを側妃として迎えいれる、と言ってくれたほうがマシだった。そのほうがよほどすべて丸く収まる。

（子どものわがままを聞いているようだわ）

それを喜んでいたときもあったのだけど、と自分もかなり盲目的であったことに溜息をついた。

「もっといい方法があるわ」

「なに？」

「私たちが離婚をして、あなたはアラモアナ様と再婚をするのよ」

「だから、それはしないと言っているだろ」

「いいえ、することになるわ」

「なんだと？」

「今、父が陛下に私たちの離婚を進言しているの。陛下はきっと父の言葉を受けて、離婚を承諾し、神殿に離縁状を送ってくださるでしょう」

「何を言っているんだ？　本人の了解も得ずに、そんなことができるわけがないだろう！」

「できるわ」

夫婦関係が破綻《はたん》していると見なされた場合、神殿にどちらかが離婚を申しでれば、双方の合意がなくても受理される。女性のように立場が弱い者を守るための法で、それを立証するためには証拠が必要になるが、心証もそれなりに影響する。そして神殿が、離婚をする理由として十分と判断すれば、即日離婚が成立するのだ。

ラチェリアとブラッドフォードの関係の場合、暴力などのわかりやすい離婚理由はないが、現在の複雑な状況に対して、王太子妃が、余計な混乱を招く前に身を引いた、と神殿が理解し、国王のサインが書かれた離縁状と、ウィリアムの根回しがあれば、確実に離婚は成立するだろう。

「ふざけるな！　僕は離婚なんてしないぞ」

「私は離婚します」

「ラチェ！」

「ブラッド。そろそろ私を解放してください」

「ラチェ？」

ラチェリアがふっと笑った。

「もう私が幸せになってもいいでしょう？」

「君は、幸せではなかったのか？」

「私が？　いつ？」

「僕と、結婚をして」

「さぁ、冷静になって考えてみたら、少しは幸せだったこともあったけど、圧倒的につらい時間のほうが多かったわ」

　ブラッドフォードの顔が青褪めていく。

「……それは、悪かった。でも、これからは幸せにする」

「愛してもいないのに、どうやって幸せにできるの？」

「愛している！　僕は君を愛している！」

「……うそでも、うれしいわ」

「うそじゃない！」

　眉尻を下げて、泣きそうな顔をして笑うラチェリア。

「でも、遅いのよ」

「ラチェ？」

　そのときドアをノックする音が聞こえた。

「殿下、よろしいでしょうか！」

「下がれ！　今は取りこみ中だ！」

「緊急です！」

「……入れ」

そう言われて入ってきた側近が、満面の笑みを浮かべている。が、ラチェリアを見て少したじろいだ。

「なんだ？」

「い、いいえ」

「私のことは気にしなくていいわよ。緊急なのでしょ？」

ラチェリアの声がとても優しい。

「あ……」

「早くしろ！」

「は。今、報告がありまして。殿下と妃殿下の」

言葉を区切った側近がラチェリアをちらりと見た。

「王太子妃殿下との離婚が成立いたしました」

「なん、だと？」

ブラッドフォードがラチェリアを見て、それから頭を抱えて背凭れに倒れこんだ。

「殿下？」

側近はオロオロした。ブラッドフォードが喜ぶと思って、急いで報告をしに来たのに。まさかラチェリアが来ているとは知らずに、強引に入室してしまったのは失敗だったか。ラチェリアの前で離婚が成立したことを喜ぶことはできないだろう、と側近は、ブラッドフォードに申し訳なさそうな顔をした。

「出ていけ」

「は？」

「用は済んだのだろう？　さっさと出ていけ！」

「は！　申し訳ありません」

側近は慌てて退室した。続いてラチェリアもソファーから立ちあがり、部屋を出ようとしている。

「ラチェリア、どこに行くんだ！」

「私も用は済みましたから」

「まだ済んでいないだろう！」

「殿下、今このときから私たちは他人です。どうかお忘れなきよう」

「ラチェリア？」

「お世話になりました。どうぞ、アラモアナ様とお幸せに」

そう言ってラチェリアは部屋を出た。

「ラチェ！　ラチェリア！　戻ってこい！」

慌てて追いかけようとドアを開けたが、その前を護衛が塞いだ。

「なんだ、お前たち、そこをどけ！」

「なりません。陛下の命により、殿下はパラタイン侯爵令嬢に接近することを禁じられまし

た」

「な、なんだと？」

「殿下はこれより、ラズヒンス侯爵令嬢を、王太子妃としてお迎えする準備をするように、とのことです」

「は？」

「王命です。何卒ご理解ください」

「え？　うそだろ？」

「殿下。これは王命です」

ブラッドフォードは膝から崩れおちた。何がなんだかわからない。周りは騒がしく自分を呼ぶのに、何を言っているのか理解ができない。

(僕は、ラチェリアに、捨てられたのか？)

ブラッドフォードはしばらくその場を動くことができなかった。


自室に戻ったラチェリアは、ソファーに深く腰を下ろしてほっと息をついた。

「疲れた」

「お疲れさまでした」

マリエッタが淹《い》れてくれた、蜂蜜入りのミルクティーをひと口飲むと、ゆっくりと体に染みわたっていった。

「もう、これですべておしまい……」

そう思うと、一気に涙があふれてこぼれ落ちた。この涙はいったいなんの涙なのか。かなしいのか悔しいのか、うれしいのか寂しいのか。きっと全部だ。これまで育ててきた思いも、やっと手放す決心をした執着も、抱いてきた苦しみも、何もかもが涙に変わって、そして流れていく。ずっとその心に居すわっていたブラッドフォードへの恋心も、涙に変わった。

幸せな時間がなかったとは言わない。でも、耐えしのぶ時間は、ラチェリアの輝きを存分に搾取《さくしゅ》した。若さと美しさを搾取しつづけた。もう、それも今日でおしまい。

(私、酷い言い方をしたわ。それに醜い顔をしていたわよね)

ブラッドフォードはラチェリアに愛していると言った。それは、ラチェリアがブラッドフォードから聞いた、最初で最後の言葉。

(なぜ、今になってそんなことを言うの？ 愛していると言えば、私を引きとめられると思ったの？ 私を引きとめてどうしたいの？ もっと苦しめたいの？)

「どこまでも残酷な人ね。……でも、本当は優しい人」

ラチェリアの胸を締めつけるのは、二人きりで過ごした幸せな時間。「ラチェは、僕の大切な友達だ」と言って、優しい笑顔を向けてくれていた、幼いころのブラッドフォードだった。

朝もやの立ちこめる薄暗い宮殿の、小さな門をくぐるふたつの人影。門番は心得ているのか、二人が通っても何も言わずに静かに頭を下げた。ラチェリアとマリエッタは自分たちが運べる精一杯の大きさのバッグをふたつずつ持ち、ほっと息をついた。

「早く行きましょう」

ラチェリアは、マリエッタにそう言うと再び歩きだそうとした。

「パラタイン侯爵令嬢」

横から自分を呼びとめる声が聞こえて声のほうを見ると、そこには見なれた騎士の姿。

「モリス卿……」

わずかに顔をゆがめたラチェリア。誰にも知られることなく、宮殿を抜けるはずだったのに。

「お送りいたします」

「え？」

モリスの言葉に驚いた。

「なぜ？」

「お父君から頼まれました」

「父がなぜあなたに」

モリスとウィリアムが親しかったなんて聞いたことがない。

「私がお父君に言いました。何かあれば、私が令嬢をお守りしますと」

「……」

ラチェリアとモリスも決して親しいとは言えない関係。

「この時間にあなたがここから出てくることを知っているのは、お父君と私と門番だけです」

「……」

父ウィリアムには、馬車を用意しておくと言われていた。その役目をモリスが引きうけたということか。

「さぁ、ここで立ちどまっているわけにはいきません。付いてきてください」

そう言ってモリスは、ラチェリアからバッグを受けとり歩きだした。その後ろを慌てて付いていく二人。進んだ先に一台の馬車。

モリスが手を差しだすと、ラチェリアがその手を取って馬車に乗りこみ、続いてマリエッタが乗りこんだ。そして、ドアを閉めると馬車が静かに走りだした。

「今から港に向かいます」

「ありがとうございます」

ラチェリアとマリエッタはほっと息をついて、静かに流れる景色を見ていた。二度とこの地に戻ってくることはできないかもしれない。

「マリエッタ、ごめんなさい。あなたまで巻きこんでしまって」

「何をおっしゃいますか。私はずっとラチェリア様と一緒にいるつもりなんですから、そんなことをおっしゃらないでください」

そう言って笑うマリエッタは伯爵令嬢。ラチェリア付きの侍女をしていなければ、今ごろ結婚をして、子どもを産んで、幸せな家庭を築いていたかもしれないのに、実家から送られてきた縁談をすべて断っていて、結婚をする気はまったくないと言う。両親はすでに諦めていて、

「勘当《かんどう》されるのも時間の問題です」とマリエッタは笑っていた。

（私の侍女でなければ、こんなことにはならなかったのに。……でも、うれしい）

「ありがとう、マリエッタ」

「……はい！」

マリエッタはかわいらしく笑った。

三日かけてようやくたどり着いたのは、王都に一番近い港を有するドロテーア領の東のボルレゲン港。王国で三番目に大きい港で、外国に向かう船が多く出ている。

馬車を降りると、モリスは荷物を持って二人を船着き場へと案内した。そこに、たくさんの人たちが乗りこんでいる大型客船があったが、ラチェリアとマリエッタが案内されたのは、その大型客船のふたつ隣に停泊《ていはく》している中型客船。

「最初にバスカ公国に向かい、そこからいくつか乗りついで、ユヴァレスカ帝国に向かっていただきます。まさか、元王太子妃がこんな船に乗っているとは誰も思わないでしょう」

「……モリス卿。本当にありがとうございます」

「いえ……私にはこれくらいしかできませんから」

「でも、あなたのおかげで安全にここまで来ることができました。感謝しています」

「……あなたが以前、次期王太子妃はアラモアナ様だ、とおっしゃったことを覚えていらっしゃいますか？」

「……ええ」

ブラッドフォードの暗殺未遂事件が起きたときの話だ。

「あのとき、私は何も言えませんでした」

「仕方がありません。あのときは、のちにアラモアナ様が行方不明になるなんて、誰にもわかりませんでしたから」

「……しかし、結果として令嬢が王太子妃となられました」

「……」

「私は、何も言えなかった自分を、そして今のこの状況を酷く悔やんでいます」

「モリス卿……」

「当時の私はほかの人と同じように、アラモアナ様が王太子妃にふさわしいと思っていました。しかし、あなたが王太子妃となってから、本当にその考えが正しかったのか、と何度となく自《じ》問《もん》しました」

ラチェリアは王太子妃としての務めを完璧に果たし、国民からの信頼も厚かった。

モリス自身も、騎士として何度もラチェリアの護衛に付き、ラチェリアのその真摯《しんし》な姿を見まもってきた。モリスの知るラチェリアは、素晴らしい王太子妃なのだ。

しかし、アラモアナが現れて、手の平を返したように、ラチェリアを追いつめていく周りの様子を、モリスは酷く嫌悪した。なぜ、これまで国に尽くしてきたラチェリアに対して、そんな酷い仕打ちができるのかと思うと、情けない気持ちにさえなった。それでも自分にできることは何もない。せめて、ラチェリアをどんな形でも守ることができたら、と思いウィリアムを訪ねたら、宮殿を抜けだす手伝いをしてくれと頼まれた。

「……自己満足であることは理解しています」

アラモアナこそ王太子妃にふさわしい、と思っていた以前の自分を、なかったことにはできない。しかし、ラチェリアは首を横に振った。

「そんなことはありません。私は、あなたのその言葉だけでとても報われました。モリス卿、ありがとうございます」

「……とんでもないことでございます」

「そろそろ行きますね」

出航の時間が迫っていた。

「はい、お気をつけて」

「ありがとう」

船に乗りこんだラチェリアとマリエッタが、甲板《かんぱん》から姿を見せることはなく、船は静かに港を離れていった。

それから少しして、大きな旅客船も汽笛を鳴らしながら出航した。

「……」

モリスは船が見えなくなるまで見おくって、それから踵を返した。ふと、遠くから見なれた騎士の制服を着た二人の男が近づいてくる。

「モリス卿」

一人の騎士がモリスに気がついて駆けよってきた。

「マシュライト卿か」

「こんな所で何をしているんだ。……まさか」

「パラタイン侯爵令嬢をお送りした」

「なんだと？」

モリスの言葉に、ぎょっとしたように目を見ひらいたマシュライトは、王太子付きの護衛騎士。ブラッドフォードに指示をされてラチェリアを追ってきたのだ。

「妃殿下はどの船に乗られたんだ！」

マシュライトがそう言ってモリスに詰めよると、モリスは少し笑ってから、遠くに見える大きな旅客船を指さした。

「南のエーレブルー王国だ」

「エーレブルーだと……？」

ガゼル王国からエーレブルー王国までは、およそ二か月はかかるうえに、月に一度しか運航していない。

マシュライトが舌打ちをした。

「クソッ！　モリス卿、貴様はなぜお止めしなかった！」

「は？　なぜそんなことをする必要があるんだ？　パラタイン侯爵令嬢は、すでに離婚をしているんだ。どこに行こうとも彼女の勝手だろう？」

「貴様、本気で言っているのか？」

「お前こそ何を言っているんだ。俺はパラタイン侯爵から頼まれて、ここまで令嬢を送っただけだ。間違ったことをしているとは思えないが？」

「……お前、後悔するぞ」

マシュライトはモリスを睨みつけた。

「そんなこと言っている暇があったら、さっさと殿下に報告をしたほうがいいんじゃないのか？」

「……」

マシュライトはモリスを睨みつけると、「行くぞ」と言って踵を返し、早足でその場をあとにした。

「少しは時間稼ぎになったかな……」

モリスは再び海を見た。遠く水平線の先にいるラチェリアのこれからが、幸あるものになることを願うばかりだ。


少し時間は遡る。

ラチェリアの足取りもわからないまま、ブラッドフォードが、動かせる騎士をすべて動員して、ラチェリアの捜索を始めたのは、ラチェリアが宮殿を抜けだしたその日の夕方。異変に気がついた使用人たちが、ラチェリアの部屋を確認して、ようやくそこが、もぬけの殻であることを知った。

ラチェリアが宮殿を出ていく日を知っていたのはウィリアムだけ。それに、新王太子妃を迎える準備が忙しく、ラチェリアに注意を払う者が少なかったのだ。もちろん、無視をしていたわけではない。離婚したばかりのラチェリアに気を遣って、そっとしておいたほうがいいだろう、と都合よく判断をしたのだ。

そして、ラチェリアが王国を抜けだすとき、ラチェリアの行く手を阻《はば》もうとする者たちをウィリアムが制していた。なぜ、離婚したラチェリアの出国を妨害する必要があるのか？

ラチェリアはブラッドフォードの子を妊娠している可能性があった。たとえ不妊とささやかれていても、妊娠していないとは言いきれない。それに、王太子妃として過ごすうちに得た情報を、他国に流す心配もある。離婚の腹いせに、アラモアナに害を及ぼすことも考えられた。

さまざまな理由から、幽閉が望ましいと判断した者たちが、ラチェリアを捕まえるために動きだそうとしていたのだ。しかし彼らがそれをすることはできなかった。行動を起こす前に、ウィリアムが彼らの大小さまざまな不正を声高に訴え、ラチェリアに手を伸ばす暇を与えなかったのだ。

そんな中、唯一ボルレゲン港まで追いかけたのは、ブラッドフォードの護衛騎士たちだったが、すでにラチェリアは国を出ていて、その行方を知ることはできなかった。

ラチェリアが離婚を決意してから、それが成立するまではあっという間で、一週間もしないうちにその知らせが王国中に知れわたった。

王太子夫妻の離婚に対する反応はさまざまだが、失望する者が多かったことは意外だと言わざるを得ない。世論の盛りあがりだけにフォーカスすれば、アラモアナが王太子妃になることを、多くの人間が望んでいるかのような心象を与えていたからだ。

しかし、これまでのラチェリアの実績を考えれば当然のこと。中でも特に離婚に批判的だったのは、国の中枢《ちゅうすう》を担う者たちや上位貴族、それに聖職者や、教会に関わっていた者たち。反対にその知らせを喜んだのは、ラズヒンス侯爵を中心とした貴族や令嬢、平民の中でも特にブラッドフォードとアラモアナの恋物語に憧れた女性たち。

しかし、お祝いムードの王都とは反対に、宮殿内は重苦しい空気が流れていた。ブラッドフォードが離婚に対して異議を申したて、それに怒った国王が、ブラッドフォードに謹慎を言いわたしたからだ。

そしてアラモアナは、ブラッドフォードの様子を見て真っ青になり、拳を握りしめて震えていた。ようやく自分とジャスティンの存在が認められたのに、ブラッドフォードに否定をされたのだ。「僕は、ラズヒンス侯爵令嬢と結婚する気はありません。僕が愛しているのはラチェリアだ！」と。

そしてその言葉を聞いて笑いだした宰相ウィリアム・パラタインは、「茶番はけっこう。王太子としての責務を果たしてください」と、ブラッドフォードを謁見の間から追いだした。

この出来事には緘口令《かんこうれい》が敷かれ、ブラッドフォードが離婚を拒否した話はなかったことになった。

ミシェルとジェイクス

ユヴァレスカ帝国は、大小二十の従属国《じゅうぞくこく》を従える大国で、ラチェリアがいる場所は、帝都シャンバーグの東側に隣接するモルガン領。帝都の次に大きな領地を誇り、その賑わいは帝都を上回るとも言われるほど。ラチェリアに付いてきたマリエッタは、初めて見るモルガン領の賑わいに、その瞳をキラキラさせた。

そして、ラチェリアたちを乗せた馬車が、長い時間をかけてようやくたどり着いた場所は、亡き母の異母妹《いぼまい》、ミシェル・ホーランド伯爵夫人の住まう屋敷。

「ラチェリア！」

馬車から降りてきたラチェリアに、早足で近づいてきたミシェル。その笑顔は、亡き母とよく似ていて胸をぎゅっと締めつけた。

「叔母さま、ご無沙汰《ぶさた》しております」

「元気そうね」

ラチェリアのことを心配していたミシェルは、痩せて青白い顔をしているラチェリアを見て、瞳に涙を浮かべた。

「疲れたでしょ？　中に入ってゆっくりしてちょうだい」

「ありがとうございます」

ミシェルはラチェリアの荷物を使用人に運ばせて、そのまま寝室へ案内をした。

「落ちついたら居間にいらっしゃい。あなたの大好きなクッキーとケーキをたくさん用意しておいたのよ」

「ありがとうございます、叔母さま」

ミシェルが出ていったあと、ラチェリアはゆっくりと息をついてベッドに横たわった。

「疲れたわ」

「本当にお疲れさまでした」

ラチェリアとマリエッタはボルレゲン港を出てから、寄港《きこう》するたびに船を乗りかえ、五週間かけてユヴァレスカ帝国に入った。さらに、馬車を乗りついで帝都シャンバーグに向かい、今日やっとここまでたどり着いたのだ。

「体中が痛いわ」

「少し横になっていてください」

「ありがとう」

ずいぶんと長い時間、馬車に揺られてきたため体中が痛い。横たえた体が鉛《なまり》のように重く、ラチェリアはゆっくりと意識を手放していった。

叔母のミシェルは少し複雑な背景を持った女性だ。

ラチェリアの母方の祖父と、愛人との間に生まれた婚外子で、幼少期はとても過酷な生活をしていた。ミシェルの父親、つまりラチェリアの祖父に引きとられたのは七歳のころ。屋敷の前に置き去りにされ、一人で泣いていたところを、仕方なく屋敷に入れてもらった。

不安に声を上げて泣くミシェルを抱きしめたのは、一歳年上の異母姉《いぼし》イライザ。歳の離れた兄は構ってくれず、ずっと妹が欲しいと思っていたイライザは、自分と面立《おもだ》ちが似ている妹ができたことがうれしくて、ミシェルをとてもかわいがり、ミシェルもイライザにとても懐《なつ》いた。

ミシェルが屋敷に来て八年がたったころ、イライザに結婚の打診が来た。

相手はユヴァレスカ帝国の南、パブリア領を治めるメイガン侯爵の嫡男《ちゃくなん》ジェフリー。

パーティーでたまたま見かけたイライザにひと目惚れをしたというジェフリーは、イライザと十歳も年が離れていて、婚約解消を繰りかえしている、いわく付き。とはいえ、帝国の侯爵ともなれば、自国の侯爵より圧倒的に力は上。またとない良縁だ。

しかし、イライザにはウィリアムという婚約者がいる。当然、ジェフリーからの無礼な打診を断ると思っていたイライザだったが、父は意に反して乗り気だった。

ユヴァレスカ帝国の貴族と懇意になることは、家の繁栄のためにも大きな意味がある、と言う父。遠く離れた異国に嫁ぐことの何が家のためになるのだ、と抵抗をするイライザ。二人の関係が悪化していくと、屋敷の雰囲気も悪くなっていった。そんな中ミシェルが、自分をジェフリーの婚約者にしてくれと言いだしたのだ。

自分には好きな人も婚約者もいないし、顔はイライザに似ている。自分がユヴァレスカ帝国に行くから、イライザをウィリアムと結婚させてあげてくれと頼んだのだ。

しかし、顔が似ているからといって、姉から妹に結婚相手を替えることなんてできるはずがない。父親は頭を抱えたが、べつにどちらでもかまわない、とあっさり了承された。

イライザは泣いてミシェルに謝ったが、大好きなイライザの役に立てることがミシェルはうれしかった。

だから、嫁いだ先でどんな酷い扱いを受けようとも我慢した。使用人のように扱われ、乱暴に性交され、暴力を振るわれてもずっと耐えた。殺意を覚えたことだって何度もある。それでもミシェルは耐えつづけた。

結婚をしてから三年。ミシェルは子どもを授かった。これで少しは扱いがましになるかと思ったが、そんなことはなく、つわりで真っ青な顔をしているミシェルを見て機嫌を悪くしたジェフリーが、癇癪《かんしゃく》を起こしてミシェルの腹を蹴り、それが原因で子どもを流産した。しかしそれに対して、ジェフリーはミシェルの自己管理ができていないからだと言い、あっけなく離縁され、屋敷を追いだされたのだ。

そのころにはミシェルの心は傷だらけだった。搾取されるだけの結婚にはなんの価値もなく、流れた命に特別な思いもなかった。

ミシェルが屋敷を出ていく日。入れ替わりで入ってきた、後妻に収まる予定の腹の大きな女が、蔑むような笑みを浮かべて「さようなら」と言ったとき、ミシェルはほっとした。

やっと終わる。この苦しみからようやく解放される。私は自由だ！　さて、これからどうしようか？　そう思ったとき、イライザからもらった手紙を思いだした。何かあったら、手紙の下に記された住所を訪ねるように、と書かれていたことを。それこそ、手紙の最後には必ず書かれていた。何かあったらイライザと夫ウィリアムの友人である、ホーランド伯爵を訪ねるように、と。

今まで何があっても訪ねたことはなかったが、行ってみようか？　一晩くらい泊めてくれるかもしれない。ミシェルはそう思って、モルガン領にあるホーランド伯爵邸を訪ねた。

ミシェルを出むかえたのは、白髪交じりの優しそうな顔をしたジェイクス・ホーランド。領地は持たないが、事業で成功した資産家として有名な男。一見そうは見えないのだが、医療に精通していて、薬の研究の第一人者。少し人づきあいが苦手で、少し臆病でとても愛情の深い男。

ミシェルとジェイクスは、変わり者同士とてもよく気が合った。それからなんやかんやとあって、結婚をした二人は、とても仲睦まじく、二十年近くたった今でもその関係は変わらない。

それに、学校には通わず家庭教師を付けていたミシェルは、社交界にデビューする前にジェフリーに嫁いだこともあって、その存在をあまり知られていない。ジェフリーと結婚していたときも、誰もミシェルがジェフリーの妻だとは知らなかった。二人の結婚式には家族しか参列していないし、ジェフリーは公の場では、常に複数いる愛人のうちの誰かを連れていたから。

そのジェフリーも、ミシェルが家を出てから一年もしないうちに、体を壊してあっけなくこの世を去った。

　ガゼル王国にミシェルを知る人は、家族以外にはいない。つまり、ラチェリアを捜すときに、ミシェルのことを頭に浮かべる人はいないのだ。


　ラチェリアが眠りから覚めたとき、西の空が少し赤く染まっていた。

「マリエッタ」

「ラチェリア様、お目覚めですか？」

　荷物の整理をしていたマリエッタが、ラチェリアのもとまでやってきた。

「私ったらいつの間にか眠ってしまったのね。叔母さまに申し訳ないことをしてしまったわ」

　ミシェルが、ラチェリアのためにケーキやクッキーを用意したと言っていたのに、すっかりこんな時間になってしまった。

「夫人には伝えてありますので、大丈夫ですよ」

「ありがとう。ごめんなさいね、あなたも疲れているのに」

「いいえ。私、体力だけは自信がありますから」

　マリエッタはそう言って、果実水を注いだグラスをラチェリアに渡した。ラチェリアはそれを「ありがとう」と言って受けとると、渇いた喉を潤した。

「叔母さまはどちらにいらっしゃるのかしら？」

「先ほどホーランド伯爵がお帰りになられたので、居間にいらっしゃるそうです」

「そう、わかったわ。着替えるから準備をしてちょうだい」

「かしこまりました」

マリエッタが用意したのは、若草色のシンプルなドレス。

「このドレスは？　初めて見るわ」

「夫人がラチェリア様に、と」

そう言ってマリエッタがクローゼットを開けると、数点のドレスと靴が並んでいた。

「こんなにたくさん」

ガゼル王国とは違うデザインだが、どれも上品で、きらびやかな飾りもなく、ラチェリアの好みのデザインばかり。

「叔母さまにお礼を言わなくてはいけないわね」

身支度が整うと、ラチェリアは居間に向かった。

ラチェリアがミシェルやジェイクスと会うのは二人の結婚式以来。手紙のやりとりはしていたものの、顔を見て話をするのは実に十五年ぶりだ。

緊張した面持ちで居間に入ったラチェリアは、二人が手を重ねてとても穏やかに話をしている姿を見て、ギュッと心臓が痛くなった。そこには自分の憧れた姿があったから。自分もこんなふうにブラッドフォードと関係を築きたかった。そう思うと、思わず涙が込みあげてきて、慌てて顔を隠さなくてはならなくなってしまった。

「あらあら、ラチェリア。どうしたのかしら？」

そう言って立ちあがりラチェリアを抱きしめたミシェルは、亡くなった母にそっくりだ。

「すみません。少し……」

ミシェルはそれ以上何も聞かずに、ラチェリアが落ちつくまで待ってくれた。温かい紅茶を飲んで、体がじんわりと熱を感じると、心も和らいでいく。

「申し訳ありませんでした。お恥ずかしいところをお見せしてしまい」

ラチェリアの向かいのソファーには、眉尻を下げて微笑むジェイクス。ラチェリアの隣にミシェル。

ジェイクスは穏やかな笑みを浮かべていて、失礼だがとても切れ者の研究者とは思えない。どちらかと言えば、隠居をして、毎日のんびりと庭の手入れに勤《いそ》しんでいる、悠々自適《ゆうゆうじてき》な初老の男と言われたほうがしっくりくる。

「叔父さま、ご無沙汰をしております」

「久しぶりだね、ラチェリア。君がこうして訪ねてきてくれてうれしいよ」

ジェイクスはそう言って優しく笑った。

「狭い所だけど、いつまでもいていいから」

「ありがとうございます。ご迷惑をおかけします」

「まぁ、そんなことを言わないでちょうだい。私たちはあなたが来ると聞いて、とても楽しみにしていたのよ」

「そうだよ。遠慮をしなくていいから、ここを君の家だと思って暮らすといい」

「ですが私は」

「そうしてちょうだい。今、この屋敷には、私たち二人と使用人しかいないの。息子は二人共、帝都にある学院の寮に入れているから、帰ってくるのは長期休暇のときだけだし」

ミシェルがそう言うとジェイクスもうなずいた。

「私は仕事で家を空けることが多いからね。できればミシェルの話し相手になってあげてほしいんだ」

二人にそう言われると断りにくい。

「ありがたいお話ですが、私は父の援助を受けるつもりもありませんし、いつまでもこちらでご厄介になるわけにもいきません。ですので、いずれは市井で部屋を借りて、仕事を探そうと思っています」

ラチェリアがそう言うと、二人は黙りこんで大きな溜息。

「お義兄さんからの手紙を読んだわ。最初はなんの冗談かと思ったけど、本気なのね」

「ラチェリア、君は元王太子妃だ。そのような人が、市井に出て仕事をするなんて無茶な話だよ」

「大丈夫です。私は孤児院でお手伝いをさせていただいたこともありますし、視察で街を回ったこともありますから、様子もわかっています」

その言葉を聞いて、ますます溜息が深くなる二人。ジェイクスは少し身を乗りだした。

「ラチェリアが見たものがすべてではない。孤児院での仕事は、子どもを世話することがすべてではないし、視察で回ったときに人々から聞いた話が、その人たちのすべてではない。これまでラチェリアは、民を守り、孤児院を助ける立場だっただろうが、守られる立場になったとき、見え方が変わり、自分のできることの限界を知ることになる。平民の暮らしは楽ではないよ。それに、女性の稼ぎだけで生活を成りたたせるのは簡単なことではない。ラチェリアのように、美しくか弱い女性が、悪い人間に狙われないとも限らないんだよ」

話を聞きながら、ラチェリアはぎゅっと口元を結んだ。

「君が連れてきた侍女のマリエッタだって、働きに出ないといけなくなるだろう？　彼女だってれっきとした貴族令嬢だ。マリエッタにもそれを強いるのかい？」

ラチェリアに付いてきてくれた、侍女のマリエッタは伯爵令嬢。ラチェリアに仕えなければ、今ごろ幸せな結婚をしていたかもしれない器量《きりょう》良しだ。それが、ラチェリアの侍女となったばっかりにこんなことになってしまっている。

「仕事をして掃除、洗濯、料理、着替えも体を清めることも、全部自分でしなくてはならなくなる。それに、市井で暮らす男たちが紳士とは限らない。何かあったときには、自分でその身を守らないといけないんだよ。それが君にできるのかい？」

そう聞かれれば、できないとしか答えられない。今までそんなことなどしたことがないのだから。でも、平民として暮らすことになれば、自分ですべてをしなくてはならなくなることはわかっている。

料理はアップルパイなら作ることができる。リンゴの皮は剝《む》けないけど。着替えだって自分でしたことは一度もないけれど、練習をすればできるようになると思う。掃除も洗濯も、いつかはできるようになるはず。この身を守れるのかと聞かれれば……首を横に振ることしかできないけど。

よく考えれば、できることよりもできないことのほうがはるかに多い。

「君たちが、ここにたどり着くまで何事もなかったのはね、ウィリアムが密かに護衛を付けてくれていたからだよ」

「えっ？　……父が？」

「知らなかっただろ？　でも彼がそうしなかったら、君たちがここまで無傷でたどり着くことは、奇跡でも起きない限り無理だよ。こんなに若くて美しくて、見るからに良家のお嬢さん二人が、何週間もかけて、平民が乗る船と乗合馬車《のりあい》を乗りついでの移動なんてさ」

「で、でも、私たちちゃんと平民の服を」

「服を変えただけで、君の気品が隠れるわけがないだろう？」

「……」

ラチェリアは呆然として、それからうつむいた。ただただ恥ずかしい。元王太子妃はこんなにも世間知らずで傲慢《ごうまん》だった。自分ならなんでもできると思っていたのに、籠の中で生きてきた鳥は、籠を出ても飛ぶことができないほど、ブクブクと傲慢を身につけていた。

「ラチェリア、怒らないでちょうだいね。ジェイクスもあなたをいじめたくて言っているわけではないの」

「はい、わかっております。今、出ていっても、私は三日後には娼館《しょうかん》で働いているかもしれません」

そう言ってラチェリアはうつむいた。

「……そうね。そうなるかもしれないわね」

「……」

ミシェルは少し温くなった紅茶を口に含んで、それからクッキーをかじって満足そうにうなずいた。

「ね、このクッキーは私が焼いたのよ。食べてみて」

ミシェルがラチェリアの前に置かれた皿に、二枚のクッキーを置いた。ラチェリアは驚いたようにクッキーを見つめる。

「これを叔母さまが？」

「上手に焼けているでしょ？」

「はい」

ラチェリアは、ナッツを練りこんだクッキーを手に取ってかじった。程よい甘さとナッツの香ばしい香り。口の中でホロホロと崩れる食感はとても軽く、何枚でも食べられそうだ。

「おいしい」

「フフフ、そうでしょ」

ラチェリアの言葉にミシェルは満足そうだ。その様子を見てラチェリアはクスリと笑い、それから紅茶を口に含んだ。

「このクッキーはね、何度も何度も試行錯誤して、ようやくこの形に落ちついたの。最初は酷かったわ。硬かったり甘すぎたり。でもね、何度も作ってきたから、今ではよほどのことがない限り失敗はしないわ。それに私は、お菓子だけじゃなくて食事も作るの。嫌なことがあったときには無心でマッシュルームを刻んでいるわ」

「ときどき、皿いっぱいのマッシュルーム炒めが、テーブルに並ぶんだ。そのときは、ああ、今日は何か嫌なことがあったのかなってわかるんだよ」

ジェイクスがニコニコしながら付けたした。ラチェリアが「まぁ」と目を大きくする。

「もともと私は貴族の生まれじゃないから、なんでも自分でするけど、最初からできたわけじゃないの。ずっと積みかさねてきて、ようやくできるようになったことだってあるのよ。特にお料理はそうね。今でも失敗はするし、偶然すごくおいしくできることもある」

「昨日のスープは格別《かくべつ》においしかったな」

ジェイクスがそう言うと、「そうでしょ？」とミシェルが笑った。

「ねぇ、ラチェリア。最初はできることをしてみない？　それからできないことに少しずつ挑戦していきましょう？」

「私のできること、ですか？」

「そうよ、あなたの知識と経験は素晴らしいわ。それを活かす仕事をしてはどうかと思うの」

「私の知識と経験を活かす仕事？」

いったいどんな仕事だろうか？

「そう！　それでね、私たちのお友達を紹介するから、そこでお仕事をしてみない？」

「ご紹介いただけるのですか？」

「ええ。その代わりちゃんとした身分が必要よ。貴族でなくてはだめ」

「……はい」

「よかったわ」

ミシェルがニコッとした。

「実はね、私たちの友人が、子どもの面倒を見てくれる人を探しているのよ」

「子どもですか？」

「ええ。とてもかわいい子なの」

「でも、私に子どもの面倒を見ることができるでしょうか？」

「あなたなら大丈夫よ！　ただね、ちょっと問題があって」

ミシェルは少し申し訳なさそうな顔をした。

「その子の教師が、すでに三人ほど辞めているのよ」

「まぁ」

「だからあなたは四人目ということになるわ」

「……わかりました」

「あ、変な心配をしないでね。とってもいい子なのよ。五歳の男の子でね、私たちにもとても懐いてくれているし、乱暴な子でもないの」

「大丈夫です、心配などしていませんわ。でも、まだ五歳なのに、もう勉強をしているのですね？」

「そうよ。そういう家なの」

「高貴な家門《かもん》ということですね？」

「さすがね。オリヴァー・セド・ボトリング公爵。依頼主のお名前よ」

「え？　オリヴァー様？」

「覚えている？」

「ええ。少しだけ」

ミシェルとジェイクスの結婚式の日、ラチェリアの手を引いてくれた黒髪の男の子。どんな話をしただろうか？　まったく覚えていないが、幼いラチェリアの面倒を見てくれた、優しいお兄さんだった気がする。ラチェリアが七歳でオリヴァーが十三歳のときの話だ。

「まさか、オリヴァー様が……」

「あなたなら間違いないと言ってくれているの」

「それはとてもありがたいお話ですが、そのような高貴なお方のご子息のお相手など、私に務まるでしょうか？」

「もう、あなたは。すっかり元王太子妃であることを忘れてしまっているのね」

「いいえ、そういうわけでは」

たとえラチェリアが元王太子妃だといっても、ユヴァレスカ帝国と小国のガゼル王国ではそもそもの規模や力が違う。それに、元王太子妃とはいえ、今は身分も明かせない小国の侯爵令嬢だ。そんな小娘に公爵家の大切な子息を任せていいものなのか？　とラチェリアはすっかり恐縮してしまった。

「そんなに難しく考える必要はないよ。彼はこの屋敷にも、ふらりと遊びに来るほど気さくな人柄だ」

ジェイクスはそう言って紅茶を口に含んだ。

「ですが」

「お願い、ラチェリア。彼もご子息を任せられる人がいなくて困っているの。もうあなたしかいないの」

そう言われてしまっては、ラチェリアにこれ以上断ることはできない。

「……わかりました。ありがたくお話を受けさせていただきます」

ラチェリアがそう言うと、ミシェルの顔がぱぁっと輝いた。

「あー、よかったわ」

「ありがとう、ラチェリア。これで私たちの顔も立つよ」

ミシェルとジェイクスはうれしそうな笑顔を見せた。

「こちらこそ、素晴らしいお仕事を紹介してくださりありがとうございます」

「そうと決まれば早いうちに一度ごあいさつに行きましょうね」

「はい、よろしくお願いいたします」

ミシェルは満足そうにうなずくと「そろそろ、お食事の時間かしらね」と時計を見た。針はすでに六時を回っている。

「今日はラチェリアが来るからといってシェフが張りきっていたのよ」

ミシェルの言葉にジェイクスもうなずいた。きっと、いろいろと準備をしてくれたのだろう。クッキーで満たされてしまったお腹のすき具合が、少し心配だ。

しばらくして始まった夕食は、とても穏やかな時間となった。

アラモアナたちが現れてから、料理の味があまり感じられなくなっていたラチェリアにとっては、数か月ぶりにおいしいと思える食事だ。

それにミシェルやジェイクスから聞く、自分の知らない父の若かりしころの話や、あまり記憶に残っていない母の話は、疲れていたラチェリアの心に安らぎを与えた。

ミシェルとジェイクスはとても素敵な夫婦だが、恋愛にまったく関心のなかったジェイクスと、心身共に傷ついていたミシェルが、互いを異性として意識するまでには、ずいぶんと紆余《うよ》曲折《きょくせつ》があったらしい。

(それでも、恋に不慣れだったお二人が、今ではこうして、互いの心が手に取るようにわかるほど、思いあえるようになるなんて素敵だわ)

互いを理解しようと努力することによって、二人は信頼関係を築き、思いやり愛しあった。

そんな二人の結婚式に参列したラチェリアは、二人の笑顔があふれる未来しか想像できなかった。そして、そんな二人の姿に未来の自分とブラッドフォードの姿を重ねたのだ。残念ながら自分たちは二人のようにはなれなかったが。

（これから先、私にはそんな出会いはないわね。それ以前に、もう恋なんてしたいとは思わないけど）

だから恋への憧れは、胸の奥のほうにしまい込んだ。もう、あんな思いをするのはごめんだ。


晴れた日の昼過ぎ。

ミシェルと共にボトリング公爵の屋敷《やしき》に向かったラチェリアは、公爵邸の門をくぐったとき感嘆の声を上げた。

立派な建物と手入れの行きとどいた庭。その庭には見たこともない花々が咲きみだれ、その中央には、真っ白な石で作られた噴水の噴きあげた水が、光を受けてキラキラと輝いていた。

「なんて素晴らしいお庭かしら」

ラチェリアは、馬車の中から夢中になってフラワーアーチを凝視《ぎょうし》した。五色のバラが巻きついたフラワーアーチは、白、黄色、オレンジ、ピンク、赤と色がきれいに配置されていて、そのバランスも絶妙だ。

邸の中に通されたラチェリアは、表情こそ崩してはいないが、心の中では再び感嘆の声を上げている。調度品は隅々まで掃除が行きとどき、ところどころ活けられた花はとても瑞々《みずみず》しく、ここでもラチェリアの目を楽しませた。それに、調度品の素晴らしさはもちろんだが、使用人たちの佇まいが素晴らしい。ラチェリアに気がつくと使用人たちは手を止め、笑みを絶やさず静かに頭を下げた。皆、昔からボトリング公爵家に仕えている、ベテランばかりだとか。

ラチェリアとミシェルが応接室に通されると、ソファーから立ちあがったのはオリヴァー・セド・ボトリング。

艶やかな黒髪に黒い瞳は、ユヴァレスカ帝国の皇族の特徴で、たくましい体躯に見あげてしまうほどの長身。オリヴァーの名前が出たとき、ラチェリアは顔を思いだすことができなかったが、黒髪に美しい面立ちの少年と記憶していた。しかし、目の前のオリヴァーは、美しさに精悍《せいかん》さも加わって、女性を魅了してやまないとは聞いていたが、それが誇張《こちょう》した表現ではないと納得できる。

「お待ちしておりました」

その笑顔は爽やかで、声は少し低めだが落ちついていて耳心地がよい。

「お久しぶりですね、ラチェリア嬢」

「ご無沙汰をしております、オリヴァー様」

オリヴァーはラチェリアの美しい笑顔に目を見はり、それからソファーに座るように促した。

「初めて会ったときは、とてもかわいらしいお嬢さんだったのに」

オリヴァーが懐かしそうに目を細めた。当時七歳のラチェリアは、人形のように愛らしい少女だった。

「素敵な女性に成長したでしょ？」

ミシェルがそう言うと「ああ」とオリヴァーはうなずいた。

「でもラチェリア嬢の印象は、昔も今も変わらないな」

「私の印象ですか？」

「ああ」

ラチェリアは覚えていないが、ガゼル王国のことをオリヴァーに聞かれて、一生懸命説明していたらしい。「とても素晴らしい所です」と満足そうに言った顔が、とてもかわいらしかったとオリヴァーが笑う。

「そんなことを……」

ラチェリアは恥ずかしくなって少し顔を赤くした。

「懐かしい思い出話はあとでゆっくりするとして、本題に入りましょう」

ラチェリアの様子を見ていたミシェルが、クスクスと笑いながら、オリヴァーに言った。

「そうだな、仕事の話をしよう」

オリヴァーがそう言うと、ラチェリアは伸びていた背筋をさらに伸ばして、緊張した面持ちになった。

「ラチェリア嬢にお願いしたいのは、私の息子の教育係です」

「はい」

「息子の名前はレオナルド、五歳です。母親はレオナルドを産んですぐに亡くなってしまったので、息子に母親の記憶はありません。彼の乳母は、一年前に体調不良を理由に引退してしま

い、現在は侍女が面倒を見ています。性格は明るくてとても素直です」

「わかりました」

「質問はありますか？」

「いいえ、私からは何も」

「……なぜ、教師が辞めていくのか聞かないのですか」

オリヴァーが少し心配そうな顔をしている。辞めていく理由を聞いて、辞退されることを気にしているのだろうか。

「ええ。余計な先入観を持ちたくないので」

ラチェリアが答えると、オリヴァーはほっとした顔をした。

「ありがとうございます」

「今、公子様は何を？」

「部屋に閉じこもっています」

「そうですか」

「最近辞めた教師が吐いた暴言に、酷く傷ついてしまいまして」

「まぁ」

最近までレオナルドの教師をしていたとある伯爵夫人が、レオナルドに対して、「勉強をしたくないからといって、私の時間を無駄にするなんて、公爵家の嫡男として恥ずかしくないのですか？　あなたは公爵家の恥です！」と言った。言いきってから、伯爵夫人が我に返って青褪めたのは言うまでもない。

積もりに積もって言ってしまった言葉ではあったが、ドアの向こうで伯爵夫人の言葉を聞いていた侍女は、それをオリヴァーに報告し、怒ったオリヴァーは伯爵家に抗議した。

それにより、伯爵夫人は教師をクビになり、社交界からも締めだされてしまったのだ。彼女がレオナルドの教師として働いたのは二か月間だった。

「私は、レオナルドに公爵家の嫡男として、しっかりとした教育を受けさせたいと思っています。しかし、今はそれが正しいのかわからなくなってしまったのです」

レオナルドは公爵家で唯一の子ども。その責任を一身に背負うのだから、親としてできる限りのことをしてあげたい、と思うのは当然のことだ。だが、レオナルドは教師が匙《さじ》を投げるほどの問題児。何が問題なのかはっきりとわからないが、教師は口をそろえて「まじめに勉強をしない」と言う。最初は話を聞いていても、余計な方向に話がいってしまって、全然授業が進まないと。

幼いから集中力が続かないのは当然だ。しかし、もしそうだとして、その程度で伯爵夫人が暴言を吐くだろうか？

オリヴァーが話を聞きたくても、肝心《かんじん》のレオナルドが部屋に閉じこもってしまって、口も利こうとしない。オリヴァーはレオナルドが話してくれるのを待っているが、無駄に時間が過ぎていくだけ。

これまでもそうだった。教師が辞めても理由がはっきりとわからず、仕方なく新しい教師を雇うのだが、また同じことが起こる。使用人たちが部屋にいると、レオナルドが使用人に話しかけてしまい、集中できないという理由で部屋は常に二人きり。そのため、中で何が起こっているのかわからない。

レオナルドが落ちつくまでは、と思ってオリヴァーは屋敷で仕事をしているが、そんなことも言ってはいられなくなってきた。

「私は仕事で長く家を空けるので、レオナルドには寂しい思いをさせています」

オリヴァーは、帝国軍の最高司令官。屋敷にこもっていることなど本来許されない忙しい男だ。そこへジェイクスとミシェルから、適任の子がいると紹介されたのがラチェリアなのだ。

まさか元王太子妃が？　と思ったが、事情を聞いて自分の立場は、彼女にとっていい盾《たて》になると理解した。

たとえガゼル王国からラチェリアを差しだせと言われても、皇弟《こうてい》であるオリヴァーには突っぱねるだけの力がある。むしろ、中途半端に手を出そうとすれば、ガゼル王国のほうが痛手《いたで》を負うことにもなりかねない。

この国で、ガゼル王国のことを知る者は少ない。ガゼル王国と帝国とのあいだには、かなりの距離があり、交易をしようにも、時間と運送費がかかりすぎて、利益を上げることが難しく、ほとんど国交をしていないというのが一番の理由だ。事実、オリヴァーもガゼル王国のことは、ミシェルに聞くまで名前くらいしか知らなかった。

そんなほとんど情報のない国の女性に、公爵家の跡取りの教育係を頼むのはどうなのだ？

と思わなくもない。ユヴァレスカ帝国とガゼル王国では、習慣や考え方が違うのも確かだ。しかしユヴァレスカ帝国は、大小二十の国からなる大国。多種多様な文化が入りまじっているため、柔軟な考え方を持つ者も多い。

それに、ラチェリアは王太子妃に選ばれるほどの女性で、素養の高さ、立ち居振る舞い、常に学ぼうとする姿勢、どれをとっても素晴らしいとミシェルが絶賛していた。何よりミシェルとその夫・ジェイクスはオリヴァーの友人で、その人たちの紹介ならそれだけで信用に値する。

「正直に言えば、私自身、あの子とどのように向きあえばいいのかわからないのです」

仕事が忙しいと言い訳をして、寂しい思いをさせてきた結果が今。後悔しかないが、だからといって突然いい父親になれるわけでもなく、息子との上手なつきあい方もわからないまま、時間だけが過ぎていた。

「わかりました。さっそく、公子様とお話をしてみてもよろしいでしょうか？」

「お願いできますか！」

「ええ。ですが、私は子どもを産んだこともありませんし、孤児院で子どもたちに字を教えるくらいしかしたことがないので、教育係の仕事をしっかりできるかはわかりません」

「ええ、それは理解しています。私はあなたには教育係というより、友人としてつきあっていただきたいのです」

「友人ですか？」

「小さい子ども相手に友人というのは、無理がありますね」

「いいえ、おっしゃりたいことはわかります。公子様と対等につきあってほしいということですね」

ラチェリアの言葉にオリヴァーが「そうです」とうなずいた。

教育係として完璧を求められれば無理ではあるが、友人兼教育係ならどうにかなるかもしれない。

「わかりました。できる限り努力いたします」

「ありがとうございます」

オリヴァーが立ちあがると、ラチェリアもあとに続いた。そして階段を上ってレオナルドの部屋の前。

「ありがとうございます。ここからは私一人でもよろしいですか？」

「はい、お願いします」

階段を下りていくオリヴァーを見おくって、ラチェリアはひとつ大きく呼吸をしてからドアをノックした。

「公子さま」

返事がない。もう一度。

「公子さま」

「……だぁれ？」

男の子のかわいらしい声が聞こえた。

「初めまして。私、ラチェリアと申します」

「ラチェリア？」

「はい、今日はどうしても公子さまにお聞きしたいことがあって、こちらに参りました」

「なぁに？」

「公子さまはアップルパイとクッキーはどちらがお好きですか？」

「ぼく？　えーっとね。うーん……どっちもすきー」

「まぁ、私と一緒ですね。私もどちらも大好きです。では公子さまが苦手な食べ物はございますか？」

「えー、うーんとねぇ、みどりのお豆」

「公子さまは緑のお豆が苦手なのですね」

「お豆、きらい」

「では、今度おいしいお豆をお持ちしますね」

「いらない！　お豆なんておいしくないもん」

「残念ですわ。お豆を油で揚げて、お塩を付けたらとてもおいしいのに」

「……」

「カリッとして、ちょっとしょっぱくて何粒でも食べられますのに」

「……おいしいの？」

「とってもおいしいですよ」

「……」

「公子さま」

「ぼく？」

「はい。実は私、クッキーを持ってきましたの。ミシェル叔母さまが焼いてくださったおいしいクッキーです」

「ミシェおばさんが？」

「ええ。一緒に食べませんか？」

ラチェリアがそう言うと、少ししてドアがわずかに開いた。隙間から少しのぞく黒い瞳と赤い頬。さらにドアが開いて、レオナルドがかわいらしい顔をのぞかせて、辺りを見まわす。誰もいないことを確認しているようだ。そしてラチェリアの手を取ると引っぱった。

「お部屋に入れてくださるのですか？」

「うん、はやく！」

レオナルドがそう言うと、ラチェリアはニコッとして部屋の中に入っていった。

「……」

オリヴァーはその様子を、階段を少し下りた所から見ていた。

「もう部屋に入れてもらえたのか」

自分があんなに呼びかけても、うんともすんとも言わなかったのに、ラチェリアのことは少し話をしただけで部屋に招きいれた。

（なぜ、クッキーとアップルパイと豆の話をしたら、部屋に入れてもらえるのだ？）

「あの声を聞いていると、話をしたくなる気持ちはわかるけどな」

ラチェリアの落ちついた優しい声は、耳心地がよくていつまでも聞いていられそうだ。

ドアの向こうから、レオナルドのはしゃぐ声が聞こえてきた。オリヴァーはほっとして応接室に戻っていった。

部屋の中では、レオナルドが張りきって、ラチェリアの目の前に自分の宝物を広げている。

庭で拾った面白い形の木の枝。大好きな本。青くて歪な形をした石。懐中時計。

「公子さま。この羽はなんの鳥の羽でしょうか？」

「それはね、ゴールデンフェザントだよ」

「まぁ、長い名前ですね」

「そうかな？」

レオナルドは小首を傾げてからラチェリアを見た。

「ねぇ、ラチェリア」

「はい」

「ぼくは、こうしさまっていう名前じゃないよ。ぼくはレオナルド」

「はい、存じております」

「じゃあ、こうしさまって呼ばないで。あのね、ラチェリアはぼくのことをレオって呼んでもいいよ」

「まぁ、私が愛称で呼んでもよろしいのですか？」

「うん。だからぼくはラチェリアをリアって呼んでもいい？」

「リア、ですか？」

ラチェリアは思わず聞きかえしてしまった。

「うん。だめ？」

「い、いいえ……ぜひ、リアと呼んでください」

「うん！」

リア。ラチェではなくリア。

決して違う自分に生まれかわったわけではないが、これまでのラチェリアは、ラチェという呼び名と一緒にガゼル王国に置いてきて、新しく「リア」という女性としてスタートするような、そんな不思議な感覚。今まで一度も呼ばれたことがなかった「リア」という特別な名前が、ラチェリアの気持ちをぽかぽかと温かくした。

「ねぇ、リア、これを見て」

レオナルドはそう言って箱の中から、からからに乾いた長いものを取りだした。

「これはなんでしょうか？」

「ぼくの宝物の中でも一番の宝物だよ」

そう言って手の平にのせたのは、蛇の脱皮《だっぴ》した皮。たいていの令嬢は、真っ青な顔をして悲鳴を上げるのだろうが、ラチェリアはそれを興味深そうに受けとった。

「私、蛇の皮を見るのは初めてですわ」

しげしげと眺め、頬をほころばせるラチェリアを見て、レオナルドは満足そう。

「レオ様は」

「レオさまじゃないよ。レオだよ」

「そうでしたね」

なかなか、しっかりした五歳児だ。

「レオはお勉強が嫌いですか？」

「……きらいじゃないよ」

「では、なんのお勉強がお好きですか」

「なんでも好き」

レオナルドは、ラチェリアから蛇の抜け殻を受けとって箱にしまった。

「嫌いなお勉強はないのですか？」

「きらいじゃないけど、ちょっとしか好きじゃないのはあるよ」

「まぁ、なんでしょう？」

「算術はちょっとしか好きじゃない」

(計算が苦手なのかしら？)

「算術は答えがひとつしかないから面白くないんだ。正解するのはうれしいけど」

レオナルドはなんでもないことのように言いながら、宝箱の中身を確認している。

（初めて聞く理由だわ。普通は計算が難しくて好きじゃない、と言うのではないのかしら？）

「ほかのお勉強は楽しいよ。知りたいことがいっぱいあって」

（五歳児の言葉じゃないわね）

ラチェリアは目を見ひらいた。

「だけど、ぼくが気になることを聞くと、先生たちは怒るんだ。さいしょはいろいろ教えてくれていたんだけど」

レオナルドは急にしゅんとして、箱の中に突っこんでいた手の動きを止めた。

「先生方はどんなことで怒ったのですか？」

ラチェリアを見あげたレオナルドは、少し考えてから口を開いた。

「なんでおとなりどうしの国でつかう言葉がちがうの？　とか。なんでおりょうりをのこすことがマナーの国と、そうじゃない国があるの？　とか。なんで女の人は男の人のようにしてはいけないの？　て聞いたら、よけいなことばかり言っていないで、お勉強にしゅうちゅうしなさいって言われたんだ」

（……お料理を残すのがマナーというのは、確かマドロナ王国の？　帝国とほとんど国交のない国だわ）

「帝国のむかしのお話の中で、トマルソンこうていが、かってにガジェルマ島にこうげきをしかけたけどどうして？　とか、ワヤンこうていのじだい、帝国にとっていいことをしたエリー妃の名前が、れきしの本にあまり出てこないのはなんで？　とか。そうしたら、作り話ばかりしていないで、はやくノートに書きうつしなさいって言うんだ。だから、先生に、作り話じゃないよ、ここに書いてあるよって教えてあげたら、先生が怒って、そんなこと気にするひつようはないって」

「まぁ……」

「ぼくは、ただ知りたかったから聞いただけなのに」

「そうね」

(自国のマナーに精通していても、他国のことまでは知らない人もいるはず。歴史にしてもそう。先生方は必要なことだけを教えようとしているのに対して、レオナルド様は、本を隅々《すみずみ》まで読んで、疑問に思ったことを聞いただけなのだわ)

「レオには、知りたいことがたくさんあるのですね？」

「うん。でもむずかしい字とか言葉とか、わからないから調べていると、ほかのことも気になっちゃって」

「興味深いことがあると、そちらに気を取られてしまうことは、よくあることですよね」

「リアにもそういうときがあるの？」

レオナルドは、ラチェリアの思いがけない返事に、瞳をキラキラさせて身を乗りだした。

「ええ、私にもありますよ」

ラチェリアがうなずく。

「ぼくたちは同じだね」

「そうですね。それに、レオが知りたいことを、私も知りたいと思いますわ」

「え？　本当？」

「ええ、とても興味深いです」

ラチェリアの言葉にレオナルドの顔がさらに輝いた。

「ほかにも知りたいことはありますか？」

「たくさんあるよ！」

「それなら、私と一緒に調べてみましょうか？」

「いいの？」

レオナルドは、ぱぁっとかわいらしい笑顔を見せた。

「ええ。私も知ることが大好きですの」

「ぼくがいろいろ聞いても怒ったりしない？」

少し心配そうな顔をしたレオナルド。

「もちろん、怒りませんわ。その代わり、私もたくさん質問をすると思いますので、そのときは怒らずに教えてくださいませ」

「うん！　いいよ、おしえてあげる！」

「うれしいですわ。では公爵閣下に、私がこれからもここに来ていいか、聞いてみてくださいな」

「わかった！」

レオナルドは、大きくうなずくと元気に立ちあがり、部屋を飛びだすと階段をとことこと下りていった。

（好奇心が旺盛で、とても賢い子だわ。これまでの先生方は皆、名の知れた優秀な方々。でも、成果を急ぐあまり、レオナルド様に合わない方法を取ったのだわ）

教師は、短期間で成果を上げる者ほど優秀と言われている。そのため、早く結果を出そうと、幼児のうちにひたすら詰めこむ方法が多く取られていて、レオナルドのように、授業の進行を遅らせるような行動を取る子どもは、不出来と言われてしまう傾向にある。

ラチェリアは溜息をついた。

（レオナルド様は、不出来どころか優秀すぎるくらいだわ。五歳児よ？　まだ絵本や、簡単な物語を読むような年齢なのよ？）

本を隅々まで読み、知りたいこと、意味のわからないことを自分で調べようとする五歳児が、不出来なわけがない。

ラチェリアが階段を下りて応接室に入ると、レオナルドがうれしそうにオリヴァーに抱きついていた。どうやら了解を得ることができたようだ。久しぶりに息子の顔を間近で見たオリヴァーは、目を細めてうれしそうだ。

「ありがとうございます、ラチェリア嬢」

「いえ、私は何も」

ラチェリアはレオナルドと話をして、彼が部屋から出る口実を作っただけだ。

「明日から来ていただけますか？」

「もちろんです」

二人の様子を見ていたレオナルドは瞳をきらきらさせた。

「明日からリアが遊びに来てくれるの？」

「レオ、遊びに来るんじゃないぞ。ラチェリア嬢はこれからお前の先生だ」

「え？　リアが先生？」

「そうだ」

「それじゃあ、毎日来てくれるの？」

喜びが隠しきれないレオナルドは、今にも飛びあがりそうな勢いだ。

「ええ、もちろんよ」

ラチェリアがうなずくと、レオナルドはますます顔を輝かせて「やったー」と言って飛びあがった。

「まぁ」

ラチェリアとオリヴァーとミシェルは、レオナルドの様子を見てから顔を見あわせて笑った。

それからラチェリアは、毎日ボトリング公爵家に通っている。最初は遊ぶだけ。本を読んだり、お絵描きをしたり、庭を散歩したり、かくれんぼをしたり。賢いとはいえレオナルドはまだ五歳。遊びはじめると、途端にやんちゃな男の子になった。

一緒にお菓子を作ることもある。ただ、ラチェリアはアップルパイしか作ったことがない。

そのときは使用人に手伝ってもらったし、リンゴの皮も使用人に剥いてもらった。だからリンゴの皮を剥くことはいまだにできない。そのため、毎日ミシェルに、簡単なお菓子の作り方を教えてもらって、それをボトリング公爵邸でレオナルドと一緒に作った。

初めて作ったのは、厚切りの食パンに、たっぷりのバターを塗って、砂糖をたっぷり振りかけて焼いたシュガートースト。とても簡単なのに、甘くてジュワッとバターが染みだして最高においしい。

ただ失敗も多い。膨らまなかったスポンジケーキ。歯が折れそうなくらい硬いクッキー。焼きすぎて真っ黒になったスコーン。そして二人で考察をする。

なぜ失敗をしたのか？　どうすれば成功するのか？

まじめな顔をして二人で話しあっている姿を、遠くから見ている使用人たちは、どれほど難しい勉強をしているのかと感心していた。まさかスポンジ生地が膨らまない理由を、真剣に話しあっているなんて思いもしないで。

もちろん、シェフに聞けば簡単に解決するのだから、二人で考察するのは時間の無駄と言われるかもしれないが、うんうん唸《うな》りながら、ああでもないこうでもない、と話しあうのが楽しかったりもするのだ。

そして今日作ったのは、フルーツと生クリームがたっぷりのったパンケーキ。ふんわりと膨らんだパンケーキを見て二人は満足そうだ。

庭にテーブルとイスを用意してもらって、気持ちのよい風を感じながら、焼きたてのパンケーキを頬張った。フルーツの酸味とパンケーキの甘さに、生クリームが絡んでとてもおいしい。パンケーキと一緒に準備したのはミルクで煮だした紅茶。ラチェリアが一番好きな飲み物だ。

「おいしいね」

パンケーキを上手に切りわけているレオナルドは、ふと手に持ったカトラリーを見た。食事をするとき、何本も並べられるカトラリー。一本一本に違う用途があるが、そんなに使いわける必要があるのかと疑問に思うことがある。

「フォークとナイフが一本ずつあれば、なんでも食べられるのになぁ。なんでたくさんカトラリーをつかうんだろう？」

レオナルドがぽつりと呟いた言葉に、ラチェリアははっとして、それからクスリと笑った。

「実は、カトラリーが使われるようになったのは最近なのよ」

「えー、いつ？」

「二百年ほど前よ。それまでは王族でも食事は手づかみだったの」

「王様も？」

「そう、王様も。指は神様から与えられた優れた道具で、食べ物は神様が与えてくださったもの。だから手で食べるのが正当であるという考え方よ」

「てづかみにもマナーはあるの？」

レオナルドはまじめな顔をして、パンケーキを頬張った。上手にナイフとフォークを使って。

「もちろんあるわ。手を清潔に保つこと。食後には水を張ったボウルで手をきれいに洗うの。

私たち以上にそのことに気を遣っていたと思うわ。それに国によっては、食事に使っていい指が決まっているのよ」

「フーン」

レオナルドはイチゴにフォークを刺してそのまま口に運んだ。

「カトラリーが使われるようになった最初のころは、肉料理の盛られた大皿にナイフが添えられていただけ。それが、とある国のお姫様が、自分でお肉を切りながら食べたいと言ったことが発端《ほったん》で、個々にナイフを使うようになるの。そしてスプーンを使うようになり、遅れてフォークが使われるようになったわ」

「どうしてフォークが最後なの？」

「手でつかんだほうが食べやすいからよ。それに昔ながらの考え方を捨てきれない人も多くいたの」

「そうか」

しかし、カトラリーが使われるようになると、熱い料理や、小さく切りわけながら食べる料理など、手づかみでは食べられないような料理が、多く作られるようになった。

「レオの大好きなパスタもそうね」

「ぼくちゅるちゅる大好き！」

レオナルドがそう言うと、ラチェリアは「そうね」と微笑んだ。

美しい銀のカトラリーは、富の象徴でもあり、カトラリーを使うことが、お洒落《しゃれ》だと思った王族や貴族が、こぞってナイフやスプーンを使うようになるが、料理を落としたり、ソースをテーブルに飛ばしたりして、周囲から失笑《しっしょう》がこぼれるようなありさまだった。しかし、カトラリーを使いこなせるようになると、次第に人々は美しく使うことを考えはじめた。そこからテーブルマナーが生まれたと言われている。

「フーン」

ラチェリアの話を聞きながらも、その手を休めなかったレオナルドの皿には、すでにパンケーキはない。

（レオはずいぶんとテーブルマナーが身についてきたわ）

ラチェリアは、音も立てず、こぼしもせずに食べたのに、頬に少し生クリームを付けていたレオナルドを見て、クスリと笑ってそれを拭きとった。

「レオは、王様より上手にカトラリーを使えるようになったのね」

「つかえるよ！　ぼく、上手につかえるようになったよ！」

レオナルドは鼻を膨らませて胸を張った。ラチェリアは楽しそうに笑った。

公爵邸の庭には、レオナルドの興味を引くものがたくさんある。それはラチェリアも同じ。ボトリング公爵邸の庭はとても広く、自慢の花たちが所狭《ところせま》しと咲いている。

当然のことだが、庭園に咲く花はガゼル王国では見たこともないものばかり。いつしか、珍しい花を見つけるたびに、部屋に戻って名前を調べることが面倒になった二人は、庭を散策《さんさく》するときは大きな図鑑を持ち歩くようになった。すっかり屋敷の使用人たちにも見なれた光景だ。

「この赤いお花は、ジオラム島にしか咲いていなかったのですって」

温室に咲いている真っ赤な花を見ながら、ラチェリアとレオナルドが図鑑をのぞき込んでいる。

「ブーゲンビリア？」

「ええ。花の名前よ。それに花言葉がとても情熱的だわ。あなたしか見えない、ですって」

ラチェリアがそう言うと、レオナルドはきょとんとした顔をした。

「フフ、レオには少し難しいかもしれないわ」

ブーゲンビリアは、ユヴァレスカ帝国が一番初めに従属国にしたジオラム島からの贈りものだ。

ジオラム島は、もともと複数民族で成りたっていた島国で、常にどこかで争いが起こっていたし、たびたびほかの国からも攻撃を受けていた。

そのせいで田畑は荒れ、人々はすっかり疲弊《ひへい》していた。そのことに心を痛めたジオラム島最大民族の首領が、争いをやめさせるために、帝国の、時の皇帝に介入を願いでたのだ。

すでにその力を世界に示していた帝国は、大軍を率いて島に乗りこんで、その軍事力を見せつけ、ほとんど戦わずにジオラム島を掌握《しょうあく》した。それが、ユヴァレスカ帝国が勢力を拡大していった始まりと言われている。

「そのときにおくられた花なの？」

「そうよ」

「こっちからは、何かおくったの？」

「こちらからは、皇帝の姫君が嫁いでいかれたわ」

「結婚？」

「そう。ジオラム島内最大民族の首領のもとに、姫君が輿入《こしい》れすることで、ユヴァレスカ帝国との結びつきをほかの民族に知らしめたのよ」

ジオラム島は小さな島国でありながら、資源の豊かな土地でもあるため、ほかの国からもたびたび攻撃を受けていた。しかし、ユヴァレスカ帝国の保護下に置かれたことで、迂闊《うかつ》に手を出すことができなくなり、ジオラム島は次第に争いのない国となっていったのだ。

「おひめさまは、そのしゅりょうが好きだから結婚をしたの？」

「……どうかしらね。でも、好きじゃなくても、結婚はしなくてはいけなかったの」

「どうして？」

「帝国とジオラム島のためだからよ」

「……おひめさまはかわいそうだね。好きじゃないのに結婚しないといけないなんて」

「……」

(好きでもない人との結婚。……それは、本当にかわいそうなことね)

「リア？」

レオナルドがラチェリアを見あげると、ラチェリアはニコッと笑った。

「そうね。でもきっとお姫様は、首領のことを好きになったと思うわ」

「本当？」

「ええ。二人の間には、四人の子どもが生まれたのですもの。とても仲良しだったのよ」

「そうかぁ」

ジオラム島のことを知ると、レオナルドは、帝国だけでなく他国の歴史に興味を持つようになり、二人で図書室にこもるようになった。

図書室で二人はたくさん本を読んだ。物語を読むときは、二人で交互に読むことにしている。それに物語の「台詞《せりふ》」を読むときは、言葉の主になりきらなくてはいけない約束がある。

だから、ラチェリアが筋肉むきむきのターザンになりきって、「そのバナナは俺のものだー」と叫んだとき、レオナルドはこらえきれずに大笑いをしてしまった。

ラチェリアはときどきピアノを弾いた。レオナルドはピアノがあまり得意ではなかったから、いつも練習をさぼっていたが、ラチェリアが弾くのを聞いているのは大好きだ。そのうち、レオナルドはラチェリアの横に座って、簡単な曲を弾くようになった。いつしか、毎日二人の連《れん》弾《だん》が屋敷中に響くようになり、曲の難易度が少しずつ上がっていった。

ブラッドフォードとアラモアナの結婚

ブラッドフォードとアラモアナの結婚式が行われたのは、ラチェリアと離婚をして半年後のこと。国を挙げて盛大に祝うはずの、王太子と新王太子妃との結婚式だったが、予想に反して不快感を示す者が多く、予定より規模を縮小して行われた。

もとより、諸手《もろて》を挙げてアラモアナを歓迎していた者は、政治の中枢にいない貴族や若者、平民が多い。反対に、宮殿内で仕事をしている貴族の中には、アラモアナのラチェリアに対する行為に眉をひそめていた者もいる。特に庭園の件は、王族軽視とあからさまに非難する者もいたほどだ。

たとえ、ブラッドフォードとのあいだに子を儲けた令嬢とはいえ、当時のアラモアナはただの侯爵令嬢。当然ラチェリアより身分が下。それなのに、そもそも王族でもなく、ブラッドフォードの婚約者でもないアラモアナが、宮殿内を自由に行き来し、あまつさえ、王太子妃の庭園を我が物顔で使うなど、あまりに身勝手な振る舞いだ、と周囲の目が冷たくなるのは道理というもの。

それなら、ラチェリアが王太子妃であったときに声を上げればよかったのだが、当時はアラモアナを崇拝《すうはい》する者の勢いが強く、ジャスティンのこともあり、声高《こわだか》に非難することができなかった、なんていまさら言い訳をしても仕方がないのだが。

結果、二人の結婚は、幸先《さいさき》のいいものとは言えない状態だった。


結婚式の夜。夫婦となって初めての房事。

「すまない」

「仕方がないわ。いろいろあって疲れているのよ」

「……」

ストレスのせいなのか、ブラッドフォードの下半身はまったく機能しなかった。ベッドから体を起こしたブラッドフォードは、アラモアナに背を向けた。

「……まだ、ラチェリア様のことを気にしているの？」

「……」

「夫婦として四年も過ごしたのだから、簡単に切りかえられないわよね」

「すまない」

アラモアナは唇を噛んで、ブラッドフォードの背中に縋りついた。

（いったいどうしてこんなことになったの？　そもそも、私が王太子妃になるはずだったのよ？　皆それを望んでいたじゃない）

ラチェリアは自分のスペアだったのだ。それが今では、アラモアナがラチェリアの場所を奪ったかのように言われている。

アラモアナは、ブラッドフォードの背中にくちづけをして頬を寄せた。

「大丈夫よ。私たちだって、昔のような関係になれるわ」

「……ああ、そうだな」

ぼすっとブラッドフォードがベッドに倒れこむと、アラモアナがその白い素肌を晒してブラッドフォードの上に跨《また》がり、鍛えぬかれた体に細い指を這《は》わせた。

「アナ、すまないが……」

そう言って拒《こば》もうとする、ブラッドフォードの手を払いのけたアラモアナ。

「初夜にまったく交わりもないまま朝を迎えたら、私はいい笑い者だわ」

「アナ……」

「大丈夫よ、私に任せて」

アラモアナは微笑んで、ブラッドフォードの体にくちづけをした。

「……」

(まるで、娼婦《しょうふ》だ)

ブラッドフォードは顔をギュッとゆがませた。


昼下がりの宮殿。人々が忙しそうに廊下を行き来する中、銀色の美しい髪の少年が、ドアを勢いよく開けた。

「おとうさま」

ブラッドフォードの執務室に飛びこんできたのはジャスティン。

「……ジャスティン、ここはお前が来ていい場所ではない」

「ごめんなさい」

ブラッドフォードの感情のない声に、ジャスティンは肩をビクンと震わせた。それを見て溜息をついたブラッドフォードは、聞かなくてもわかることをジャスティンに聞いた。

「どうした。何か用事か？」

「あの、おかあさまが、いっしょにおいしいこうちゃを、のみたいって……」

(やはりそうか)

毎日毎日何かにつけてお茶だ、散歩だと誘いに来るアラモアナは、ブラッドフォードが忙しいと断ると、今度はジャスティンに言わせた。

「私は忙しいとお母さまに伝えなさい」

「でも……」

アラモアナの言いたいことはわかっている。夫婦が円満であることを周知し、ブラッドフォードがジャスティンをかわいがっていると印象付けたいのだ。なぜそんなことをする必要があるのかと頭を抱えたくなるが、アラモアナは何度言ってもやめようとしない。

ラチェリアと離婚をしてアラモアナと再婚をしたが、アラモアナの予想に反して、宮殿内の人々の反応が冷ややかだったことが原因であることはわかっている。が、アラモアナのわがままにつきあっていたら仕事が滞《とどこお》るだけだ。しかし、目に涙を浮かべるジャスティンを見ると、これ以上突きはなすのはさすがに胸が痛む。

「……わかった。ひとつ仕事を片づけたら行く、とお母さまに伝えなさい」

「はい！　わかりました」

そう言うとジャスティンは元気に部屋を出ていった。

ブラッドフォードの溜息は大きい。

恋人だったころのアラモアナは、常に笑顔で優しく気遣いのできる、誰もが賞賛《しょうさん》するようなそんな女性だった。今ではそんなアラモアナなど幻だったのでは、と思えるほど外見ばかりを気にしている。そして常に、人々の羨望《せんぼう》の眼差しが自分に向けられることを望んでいる。

初めて出あった図書館で、アラモアナの学ぼうとする真摯な姿勢に感心したことも、今となっては幻《まぼろし》だ。アラモアナは政治に一切の関心を示さず、王太子妃としての意見を求めたとき、少し強張《こわば》った顔をして「私が余計なことを言えば、混乱を招くでしょう」と言って、さっさとその場を去ってしまった。

アラモアナは変わってしまったのか？　それとも、もともとそういう女性だったのか？

……いまさら、そんなことはどうでもいいか。

「ルイス」

「はい」

側近のルイスが返事をした。

半年前にブラッドフォードが前任の側近を解任し、後任として就いたのがルイスだ。

「ジャスティンの教育はどこまで進んでいる？」

「現在、言葉遣い、テーブルマナーの基礎を中心に学ばれています」

「そうか」

「とても優秀だと教師たちから報告を受けています。さすがは殿下と妃殿下のお子だと」

「……そうか」

アラモアナとジャスティンは、山奥で老夫婦と数年を過ごした。ジャスティンがマナーを身につけていなかったとしても不思議ではない。アラモアナの記憶がなかったのだから。

しかし、すでに文字は読めるため、そろそろ座学を始めてもいいのではないか、と教師たちが口をそろえた。また歴史が好きで、ガゼル王国の建国から詳しく説明ができるという。本をたくさん読んで聞かせたからだとアラモアナは言うが、それにしても素晴らしい、と教師たちが絶賛しているのだ。

反対に、マナーはまったく身についていない。先ほどの、部屋に飛びこんでくる行動にしてもそうだ。だが、言いかえれば、マナーさえ身につければ問題はないということだ。

ブラッドフォードはほっとした。大きな責任をひとつ果たしたことになるのだから。ただ、ジャスティンがいるからもう子どもはいらないのか、といえばそうではない。子どもは多ければ多いほどいい。それを考えるとブラッドフォードの頭が痛くなる。なんといっても、月に三日の房事は、今のブラッドフォードには苦痛でしかないのだから。

それから一時間ほど仕事をして庭園に向かったが、アラモアナは機嫌を悪くしていて、ブラッドフォードを見るなりイスから立ちあがって、ぷいっと顔を背《そむ》けて自室に戻ってしまった。

❋　❋　❋

気持ちのいい風が吹きぬける、午後のボトリング公爵邸。

ラチェリアとレオナルドは、ピアノを連弾中。曲目は『月の下の妖精』。ピアノのエチュードとしてよく弾かれる、かわいらしい曲だ。

レオナルドが弾く主旋律《しゅせんりつ》に、ラチェリアが中低音で伴奏《ばんそう》をつける。何度も二人で弾いてきたからか、最近では止まることなく、最後まで弾けるようになってきた。

そして今は曲の中盤、テンポがゆっくりとなる小節。聞かせるところ、という箇所だ。ラチェリアが手を止め、レオナルドがふたつの隣り合った鍵盤を使って、トリルを四拍弾き、さらに四拍かけてトリルの速度を落としていく……。と、レオナルドの右側の鍵盤に、大きな手が乗った。びっくりして顔を上げたレオナルドの横に立っていたのはオリヴァー。

「お父さま！」

「続けて」

オリヴァーが、手を止めるなとレオナルドに微笑んだ。そして、オリヴァーの右手の指が動きだすと、曲がさらに軽やかになり、アドリブ気味の高音がかわいらしさを演出した。

（まるで小さな妖精が、月の下で素敵にダンスでも踊っているかのようだわ）

オリヴァーにつられて、思わず伴奏にアレンジを加えてしまったラチェリア。レオナルドは楽しそうに曲を弾いていた。そして最後まで弾きおえたとき、レオナルドは瞳をキラキラと輝かせ、オリヴァーに抱きついた。

「お帰りなさい、お父さま」

「ただいま」

「お帰りなさいませ」

オリヴァーがラチェリアに顔を向け、ニッコリと笑った。

「ただいま帰りました」

「お帰りが早くてびっくりしました」

オリヴァーは帝都で仕事をしているため、休日の前日にならないと、領地には帰ってこない。それに、帰ってくる時間も夜遅くが常だ。

「ようやくひと段落ついたので帰ってきました。明日から数日、仕事を休む予定です」

「え？　お父さまはお仕事をお休みするのですか？」

「ああ、しばらくレオと顔を合わせることもできなかったからな。どうだ、これから遊びに行かないか？」

「お父さまとですか？」

「嫌か？」

「嫌ではありません。ぼく、遊びに行きたいです」

レオナルドは興奮気味に、ピアノに置かれた楽譜を片づけはじめた。

その様子を見ていたオリヴァーが、すぐに「あっ」と小さく言って、少しばつが悪そうにラチェリアを見る。

「リア、いいかな？」

勝手に遊びに行こうと誘ってしまったが、今はラチェリアと勉強をしている時間だ。レオナルドもそれに気がついて、祈るようにラチェリアを見つめている。

「ええ、もちろんです」

ラチェリアはクスッと笑って返事をした。

「よし決まりだ、準備をしておいで」

オリヴァーがそう言うと、レオナルドは「はい！」と元気に返事をして、部屋を出ていった。

「リアも一緒に行きましょう」

「私もよろしいのですか？」

「もちろんです。マリエッタも」

「わ、私もですか？」

ドアの近くに立っていたマリエッタは、驚いて目を見ひらいた。

「リアの侍女が、リアから離れるわけにはいかないからね」

「ありがとうございます」

ラチェリアとマリエッタは顔を見あわせて喜んだ。

「では先に玄関に行きましょう」

そう言ってオリヴァーが手を差しだすと、ラチェリアはわずかに戸惑いながらもその手を取った。

「レオをあなたに任せっきりにして申し訳ない」

「いいえ」

ラチェリアは首を横に振る。

「私はレオと過ごす時間が楽しくて、仕事であることを忘れてしまうほどなのです。ですからそのようにかしこまらないでください」

レオナルドの好奇心は尽きることなく、ラチェリアが驚くような視点で疑問を投げかけてくる。それに、仕事を辞めていった教師たちが口にしていた「まじめに勉強をしない」というのは、「自分の理想どおりにいかない」という意味だと理解している。つまり、教師たちが思う『優秀な生徒』にレオナルドが当てはまらないだけ。レオナルドは『優秀すぎる生徒』なのだ。

「それにレオはとても紳士的で、まじめな生徒ですわ」

オリヴァーはラチェリアのその言葉を聞いて、うれしそうに微笑んだ。

「あなたが来てくれるようになってから、レオがとても明るくなったし、勉強も進んでやるようになったと聞いている。ずいぶんとマナーも身についてきたと。先ほどのレオの言葉を聞いただけでもそれがわかった」

確かに、レオナルドの言葉遣いは、ここ数か月のあいだにとても丁寧になったと思う。それに、感情的に言葉を発せず、人の話を最後まで聞いてから話すようになった。

「私は特別なことはしていないのです」

一緒に遊んで、一緒に考えて、レオナルドの話を聞き、質問をされれば答えて、それだけ。

「そうか」

ただ、それだけでレオナルドがあれほど変わるわけがないのだが、本人にはそんな自覚はないようだ。

二人が玄関の近くまで来たとき、そういえば、とオリヴァーがラチェリアを見た。

「リアはクレープシュゼットというものを食べたことは？」

「クレープシュゼットですか？」

「ああ」

「勉強不足でお恥ずかしいのですが、存じあげておりません」

「べつに恥ずかしいことはない。私だって知らなかったのだから。実は、使用人たちにおいしいカフェはどこかと聞いたら、クレープシュゼットのおいしい店がある、と教えてくれたのでね。それで、よかったらそこに行ってみないか？」

「まぁ、そうでしたか。ええ、ぜひ、行ってみたいですわ」

モルガン領は、帝都の次に大きな領だ。そのため、街も栄えているし、異国の品がたくさん流通している。それは食べ物も同じで、ガゼル王国では珍しいいろいろな国の料理が、ここでは食べなれた料理、なんていうことはよくある。

（クレープシュゼットとは、どんな食べ物なのかしら？）

ラチェリアは期待に胸を膨らませた。

「お待たせいたしました」

レオナルドは白いシャツに、茶色の膝上のズボンに着替えて、ラチェリアたちのもとへやってきた。頬を赤く染めてニコニコしながら「今日は平民風です」と言う。

「私も平民風だぞ」と言うオリヴァーの服装も、ベージュ色のズボンに白いシャツを少し崩した感じで、平民に見えなくもない。

ラチェリアも華美なドレスを好まないため、今日は黄緑色のシンプルなドレスだ。服装だけなら三人で歩いていても、裕福な平民くらいに思ってもらえるかもしれない。それでも。

（どんなに平民を装っても、お二人の品まで隠れるわけではないわね）

二人並んだオリヴァーとレオナルドを見て、ラチェリアは思った。

すっと背筋を伸ばした佇まいは、立っているだけでも美しいのに、きれいな服に手入れの行きとどいた靴を身につけた二人を見て、平民と信じる人がいるとは思えない。それに、特徴的な黒い髪に黒い瞳を見れば、誰でも公爵とわかってしまうはずだ。

「どうしたんだい？　リア」

クスリと笑ったラチェリアに気がついてオリヴァーが聞いた。

「あまりに高貴な平民様が目の前にいらっしゃるので」

オリヴァーとレオナルドが顔を見あわせた。

「ああ、私たちのことか」

ラチェリアは「そうです」と言って笑う。

「でもそれなら君も人のことは言えないぞ」

「え？」

「どう見てもお姫様だ。なぁ？　レオ」

「はい！　リアはとてもかわいらしいです」

レオナルドがうれしそうにラチェリアの手を握った。

「まぁ、ありがとうございます」

「よし、行こうか」

ラチェリアは、オリヴァーが差しだした手を取って馬車に乗りこんだ。

馬車に乗って十分もしないうちに着いた場所は、街の中心部にある広場。護衛騎士のガイが馬車のドアを開けると、レオナルドが一番に降りてきた。

「わぁ」

レオナルドは瞳をキラキラと輝かせて辺りを見まわしている。

オリヴァーは、日々忙しく仕事をしていて、なかなか屋敷に帰ることができず、レオナルドは公爵家唯一の子どもで、もしものことがあってはいけない、とほとんどの時間を、屋敷の中だけで過ごしていた。そのため、街には数えるくらいしか来たことがない。だから、今日のお出かけは、レオナルドにとっては、思いがけない幸運と言ってもいい。

「お父さま！　ぼく、食べ歩きというのをしたいです」

「食べ歩きかぁ」

オリヴァーはラチェリアをちらっと見た。するとラチェリアは「私は構いませんよ」と言う。

「リアは食べ歩きが平気なのか？」

「私は、叔父さまと叔母さまに連れられて、街に出たときに食べ歩きをして、すっかり食べ歩きの虜《とりこ》ですわ」

ラチェリアの言葉を聞いて、オリヴァーは少し顔をゆがめた。

「まったく、あいつらときたら。リアにそんなことを教えるなんて」

ジェイクスとミシェルは、貴族らしからぬことばかりするが、それがオリヴァーには気楽で、一緒になって羽目《はめ》を外したことは何度もある。だが、ラチエリアにそんなことをさせてはだめだろう、と眉根を寄せた。

「私はいずれ平民として暮らしていきたいと思っていますから、食べ歩きくらいできるようにならないと」

「は？」

オリヴァーはギョッとしてラチェリアを見た。

「なんだって？」

「え？」

「平民として？」

「ええ」

「……自由に生きたいのですか」

「今は、自由ではない？」

オリヴァーの質問に対して、ラチェリアは首を横に振った。

「いいえ。でも、いつまでも叔父さまと叔母さまを頼ってばかりもいられません」

オリヴァーは溜息をついた。レオナルドは何を食べようかとキョロキョロしている。

「もう決めたことですから」

ラチェリアはそう言って微笑んだ。

「お父さま！　ぼく、アレが食べたいです！」

レオナルドがオリヴァーの手を引いて指をさしたのは、キャラメルでコーティングした白い粒がいっぱい入った箱。甘いいい匂いがここまで漂っている。

オリヴァーはそれ以上ラチェリアに何かを言うことをやめ、レオナルドの引く手に従って白い粒の売り場まで来た。

「これはなんだ？」

オリヴァーは、白いころんとした形の小さな粒に、キャラメルがコーティングされているものを指さして店主に聞いた。

「これはケトルコーンっていうお菓子ですよ」

「ケトルコーン」

「ええ。最近、北のメリーロから入ってきた、今一番人気のお菓子です」

こんな粒は見たことがない。

「味見をしてみますか？」

店主がそう言うと、レオナルドが「うん！」と即答した。

ケトルコーンを口に入れると、カリッとした食感のキャラメルが口に広がり、頬が痛くなるくらい甘い。そして、そのあとになんともいえない不思議な、硬くも柔らかくもない食感が続く。

「硬いのは周りだけか」

「すごく甘くておいしいです」

「本当だわ。何粒でも食べられそう」

そう言って瞳を輝かせたラチェリアとレオナルドを見て、オリヴァーはクスリと笑い、一番大きな箱をひとつ買った。レオナルドはその大きな箱を抱えて、とても満足そうだ。

「レオ、全部食べるなよ」

「はい！」

そう元気に返事をしたが、レオナルドの手は止まらない。初めての食べ歩きで、初めてのケトルコーン。甘くて少ししょっぱくて、何粒食べても飽きることがない。

「まぁ、私たちはもっとおいしいものを食べるから、べつにいいけどな」

オリヴァーがニヤッと笑った。レオナルドが慌てて、箱に突っこんでいた手の動きを止める。

「なんですか？　おいしいものって」

「知りたいか？」

「知りたいです！」

「それなら、ケトルコーンを食べるのを少し我慢しろ」

「……はーい」

残念そうな顔をしたレオナルドは、歩きながらこっそりとケトルコーンを口に放っていた。

「ここか」

オリヴァーが屋敷の使用人に教えてもらったカフェは、街の中心にある、大きな噴水を囲むように建てられた店舗の一画にあった。お昼どきを過ぎていることもあって人は少なく、店の奥にある窓際の、少し大きめのテーブルに案内された。護衛騎士のガイと、侍女のマリエッタは三人の座る席の隣。

レオナルドとラチェリアは、ニコニコしながらメニューを見て、あれもいい、これも気になる、と楽しそうに選んでいたが、結局選びきれずに、店主のお薦めでもある、クレープシュゼットにした。

「食べたことのないデザートばかりで、つい目移りしてしまいました」

本来の目的が、クレープシュゼットであったことをすっかり忘れて、瞳をキラキラさせてしまったラチェリアは、恥ずかしそうに笑う。

「店のデザートを全部食べつくすまで通えばいい」

オリヴァーがそう言って笑うと、レオナルドもうれしそうにうなずいた。

「食べつくしたあとも通ってください」

そう言って、店主が張りきって運んできたクレープシュゼットは、サービス満点。

オリヴァーのクレープは二枚のはずが三枚になっているし、ラチェリアとレオナルドのクレープには、バニラアイスとプリンが添えられていた。

ミルクティーには、砂糖の代わりに上等な蜂蜜が、レオナルドが頼んだミルクには、チョコレートシロップがおまけされている。

「ありがとう」とお礼を言うと、店主が「うちのクレープシュゼットは絶品だと宣伝してください」と笑った。

三角に折りたたんだクレープに、砂糖とバター、オレンジの果実とすりおろしたオレンジの皮に、フランベしたリキュールを合わせたソースをかけて、薄く切ったオレンジを添えたクレープシュゼット。かわいらしい見た目と、甘い香りが鼻孔をくすぐる。

ラチェリアとレオナルドは、クレープシュゼットを前に、待ちきれない気持ちを隠せないようだ。ソワソワしながらオリヴァーを待っている。

「さぁ、いただこうか」

オリヴァーがそう言うと、二人はうれしそうにナイフとフォークを取った。クレープにナイフを入れてきれいに切りわけ、ソースをたっぷり絡ませてから口に入れると、甘く爽やかなオレンジの香りが口いっぱいに広がった。次に、サービスで付けてくれたバニラアイスを、クレープにのせて食べてみる。温かいソースに、冷たいアイスが溶けだして最高においしい。思わずラチェリアとレオナルドは顔を見あわせた。

「幸せそうだ」

オリヴァーがクスクスと笑う。

「こんなにおいしいデザートを食べて、幸せにならないはずがありませんわ」

ラチェリアは、ちょっと恥ずかしそうにミルクティーを口に含んだ。ミルクティーで口の中に残った甘さが消えると、再びあの香ばしいオレンジソースを口に入れたくなる。

「おいしさのスパイラルですわね」

舌に絡みつくような濃厚なプリンを食べながら、ラチェリアはほうっと息をつき、レオナルドは甘いチョコレートミルクを飲んで満足そうだ。オリヴァーはミルクティーを楽しみながら、そんな二人を眺めていた。

「お父さまは召しあがらないのですか？」

オリヴァーのクレープシュゼットはいまだ手付かずのまま。

「いや、二人を見ていたら食べるのを忘れていたよ。あまりに、おいしそうに食べているから」

そう言って、オリヴァーはようやくフォークとナイフを手にした。

「レオは、上手にカトラリーを使えるようになったのだな。見ちがえたよ」

オリヴァーは無駄のない動きできれいに切りわけ、クレープを口に運んだ。

「本当ですか？」

「ああ、とても上手だ」

「それなら、リアのおかげです」

レオナルドがラチェリアを見た。そんなレオナルドを見て、ラチェリアは首を振る。

「レオは最初から、マナーの基本が身についていました。私は何も教えていませんわ」

確かにラチェリアは教えていない。ただ、楽しく話をしながら、手本を見せていた。それだけ。

レオナルドは、前の教師たちと一緒に食事をしたことはないが、細かく注意ばかりされて、食事が全然楽しくなかった。聞きたいことがあっても「食事中に無駄な話をしてはいけない」と言って、レオナルドに一切の私語を禁止した教師もいる。

だからますますやる気をなくして、わざとソースを飛ばしたり、音を立てたり、席から立ったり。それが教師の怒りを買うのだが、レオナルドにしたら小さな抵抗だ。そのおかげで、レオナルドの食事の所作《しょさ》は美しいとは言えなかった。カチカチと音を立てるし、ソースをこぼすし、皿から何かが飛んでいく。

それが、美しい所作で食事をするラチェリアを目の前にして、自分の未熟なマナーを恥ずかしいと思い、だんだん恥ずかしくない行動を取るようになっただけ。大好きなラチェリアの前で、格好の悪いことをしたくなかったのだ。

「リアはよくやってくれている。ありがとう」

オリヴァーにとろけるような笑顔でお礼を言われて、思わずラチェリアの顔が赤くなった。

（破壊力が、とんでもないわ）

三十歳を手前にした魅力的な男性の、少年のような笑顔に心の中で悶《もだ》えるラチェリアだった。

カフェを出ると噴水の前に出店している、本の青空市場をのぞいた。並んでいる本は古書ばかりだが、子ども向けもあるし、少し古いが恋愛小説もあった。

ラチェリアは何冊か並んでいた恋愛小説から、比較的タイトルが過激でないものを手にした。

『私は恋心を捨てました。それなのに』

（これって私のことかしら？）

本を手にしたラチェリアは、タイトルをまじまじと眺めてから溜息をついた。

（つい自虐的なことを考えてしまったわ。もう過去は振りかえらないと決めたのに。だいたい、恋愛小説なんて手にしてしまうからいけないのよ。もっと、建設的な本にしないと。そうねぇ、これは？）

『最新版　食べられる虫、食べられない虫』

（……これは、ないわね。虫を食べる勇気はないわ。……でも、非常食としてはありね）

ラチェリアは、しばし思案をしてから、表紙に大きく幼虫の絵が描いてある本を戻した。そして、ほかに面白そうなものはないかと背表紙のタイトルを見て、ふと目に留まった本を手に

取った。

『仕草でわかる相手の心理』

（えーっと、『髪の毛を触っている女性は、だいたいケーキを食べたいと思っている』。うーん、私はそれには当てはまらない気がするわね。えーと、それから、『男性が小鼻を触ったら、だいたい褒めてもらいたいときだ』。あら、そうなのね？　知らなかったわ。これは今度実践《じっせん》してみましょう。それから、『子どもが泣いているときは、眠いか、腹が減っているか、イライラしているか、気に入らないことがあったときだ』。……それはそうでしょうね）

ラチェリアが真剣に本を読んでいると、その後ろから、そっとのぞき込んでいるオリヴァーが、吹きだしそうになって口を押さえた。

（まさか、この本を信じているのか？　どう考えてもおかしいだろう？　なんだ、あの内容は？　『真実の愛は、たいてい他人の不幸の上に成りたつ』？　夢も希望もないな。そもそも、仕草に関係ないじゃないか！）

しかしラチェリアは至極《しごく》まじめな顔をして、オリヴァーの気配にさえ気がつかずに読んでいる。これは買ってしまうかもしれない。そう思ったら案の定、店主の所まで行って支払いをしようとした。

「リア！」

「あ、オリヴァー様」

オリヴァーが笑いをこらえながらラチェリアを呼びとめた。

「その本はあとで買おう」

「え？」

「ほら、その本はとても厚みがあって重いだろ？　まだいろいろ見てまわりたいから、あとでまた寄ろう」

「あ、そうですわね。私ったら、とても興味深い内容でしたので、つい何も考えずに買おうとしてしまいましたわ」

「ああ、そうだろうと思ったよ。間にあってよかった」

「？」

オリヴァーがクスリと笑った。

青空市場を出た五人は、噴水より北にある教会に向かった。五分も歩けば着く所で、教会の裏手にある草原では、数組の家族や恋人たちがピクニックを楽しんでいる。

ラチェリアたちも、教会の近くに置かれたベンチに座り休憩中だ。

レオナルドは、箱に半分以上も残っているケトルコーンを食べながら、先ほど買ってもらった果実水を飲んでいる。ラチェリアもレモンの果実水を飲んで、草原に咲く花を楽しんだ。

そのうちレオナルドは、ケトルコーンをベンチに置いて、草むらの中をのぞき込んで虫を探したり、花に留まった蝶を追いかけたりしはじめた。その後ろを付いていく護衛のガイと侍女のマリエッタ。

「フフ、夢中ですね」

「しっかりしたと思っていたが、やはりまだ五歳児だな」

オリヴァーは目を細めてレオナルドを見た。

「それで、君が平民になるという話だが」

(さっきの話は、終わっていなかったのね)

「平民になる必要はあるのか？」

「私は王国を逃げだしてきた身ですし、平民として暮らすことが一番安全です」

オリヴァーは溜息をついた。

「意味がわからんな」

貴族の、しかも元は王太子妃であるラチェリアが、平民として暮らしていくなんて、無茶もいいところだ。だいたい、平民でいるほうがよほど危険だと思うが。

「いつまでも、叔母さまたちのご厚意に甘えているわけにはいきませんので、いずれはお屋敷を出ていかなくてはと思っています」

(あの二人がリアを追いだすとは思えないけどな)

「それなら私の屋敷に来ればいい」

「……ありがたいお話ですが」

ホーランド伯爵邸を出てボトリング公爵邸に居つくなんて、まったくもって論外だ。

それに、未婚の自分が公爵邸に居ついたとなれば、オリヴァーが世間になんと言われるかわからないし、この先、オリヴァーが再婚をすることになったとき、余計な誤解を生む可能性だってある。

それに、正直に言えばもう疲れた。

侯爵令嬢として、恥ずかしくない振る舞いをしてきたつもりだ。だけど、それでも認められることはなかった。一番認めてほしいと思っていた相手は、ずっとそばにいたラチェリアよりアラモアナを選んだ。

ブラッドフォードと結婚をすることが決まったとき、美しい恋愛をして、愛し愛されて結ばれるという、幼いころの夢はすべて捨てた。貴族には果たさなくてはならない務めがあり、その務めが結婚だと言うなら、しっかり務めを果たすまでと思ってきた。どんなに愛する人から蔑むような目で見おろされても、婚約してから、一度も優しい笑顔を向けられたことがなくても、義務として房事を繰りかえしても、自分なりに真摯に務めを果たしてきたつもりだ。

そんなラチェリアの前に現れたアラモアナ。ラチェリアには得ることのできなかったジャスティン。ラチェリアのいないところで「お父さま」と呼ぶように、とジャスティンに言ったブラッドフォード。楽しそうな家族の会話に不要なラチェリア。

それでも、自分の場所を奪われ、身の程を弁《わきま》えろと陰口をたたかれても、自分は王太子妃なのだと必死に胸を張ってきた。どんなに惨めな思いをしても、胸を張ってきたのだ。

それなのに、不用意な自分の発言がもとで、王太子妃の矜持でもある大切な庭園を踏みあらされた。

ラチェリアはそこで何かが切れてしまった。

もう、これ以上頑張りたくない。貴族として生きて、また苦しむくらいなら、平民になって、その日を生きるために頑張りたい、そう思った。

「私は、貴族も王族もうんざりなのです」

ラチェリアの瞳は少し冷めていて、先ほどまでの笑顔は消えていた。

「……そうか」

オリヴァーの声を聞いて、はっとしたラチェリア。

「も、申し訳ございません。私ったら、なんてことを。大変失礼をいたしました」

ラチェリアは慌てて立ちあがり、頭を下げた。オリヴァーは皇弟で大貴族だ。ラチェリアの発言は、不敬以外のなにものでもない。

「いや、いいのだ。私こそ無神経なことを言った。気にしないでくれ」

いつまでも恐縮しつづけるラチェリアに、座るように促したオリヴァーは、手にしていた果実水を飲んだ。

「君が大変な思いをしたことは知っている。君を無神経に傷つけたやつらのことも」

「え？」

「私は軍の最高司令官だ。調べようと思えば、ある程度のことは簡単に調べられる」

「それは、職権濫用《しょっけんらんよう》ではないですか？」

ラチェリアがおそるおそる聞くと、オリヴァーは少し笑った。

「ばかを言うな。我が屋敷にガゼル王国の、元王太子妃をお迎えしているのだぞ。賓客《ひんきゃく》を守るために必要な情報だ」

「そ、そんな、賓客だなんて」

決してそんなつもりなどないというのに。

「冗談だ。君が賓客なんて言われたくないことはわかっている」

「……」

「すまない。だけど、君を守るために情報は必要だ」

ラチェリアはうつむいた。

「申し訳ございません。私のせいでとんだ負担をかけさせてしまいまして」

オリヴァーはラチェリアを守るために、いろいろと手を尽くしてくれていたのだ。

(元王太子妃という肩書きが邪魔だわ)

いつまでもラチェリアにまとわりつく、不要な呼び名。

(ただのラチェリアになれたらいいのに)

「いや、むしろ私が勝手に調べたことを、謝らなくてはならない」

「とんでもないことです。身元の不確かな人間を、屋敷に通すわけにはいきませんもの。調べるのは当然ですわ」

「身元について知りたかったわけじゃないんだ。君のような素晴らしい女性が、なぜ王太子妃を辞して、国を抜けだしたのか。納得できる理由を知りたかったのだ」

「……知ることはできましたか？」

(私が、子も産めず、王太子妃にふさわしくなかったということを……)

「ああ、知ることができた」

オリヴァーはラチェリアを見た。

「彼らが愚かにも、最も王太子妃にふさわしい女性を手放し、我が国は素晴らしい女性を迎えることができた」

その言葉に、顔を上げてオリヴァーを見たラチェリアの目は、わずかに涙で潤んでいた。

「それにホーランド夫妻は、君のことをとても気に入っているんだ。君を構いたいのだよ」

「はい」

それはわかっている。ホーランド夫妻は時間を作っては、ラチェリアをいろいろな所に連れていってくれる。先日などは、初めて乗馬を体験し、ドキドキしたがとても楽しかった。

ミシェルはときどき自らラチェリアの髪をといた。そして「娘がいたら、こういうことをしたかったの」と言って、楽しそうに髪を結い、飾りを着けた。

ラチェリアは断ったが、押しきられる形でドレスを贈られたこともある。ニコニコして楽しそうにドレスを選ぶミシェルを見ると、それ以上何も言うことができず、ミシェルに任せたら一日で十着も注文していて、ラチェリアの顔が青くなった。

「好きに生きればいい。ただ、君の身を案じ、幸せを願っている人がいることも考えないといけない」

「……はい」

「君の父上もな」

「父ですか？　父が何かオリヴァー様に？」

「ジェイクスたちから聞いたのだろう。娘をよろしく頼むと手紙をもらったよ」

「な……」

「君の自由は、皆に守られることで成りたっている」

「……」

ラチェリアはドレスを握りしめた。

オリヴァーの言葉は正しい。どんなにラチェリアが平民のように生きていくと言ったところで、現実を知らないラチェリアには、うまくいく都合のいいことしか想像ができない。

ミシェルとジェイクスには、ラチェリアが平民として平穏に生きていくことは、とても難しいことだと言われたが、いつかは認めてもらえるようにと、少しずつ自分のできることを増やしてきたつもりだ。それでも、周りの目には無理だと映る。だがそれは、貴族令嬢だから、と思い込みで言っているわけではない。現実的にラチェリアを見ているのだ。

「意志を持って生きることは素晴らしい。それを否定はしない。だが、人にはそれぞれ与えられた役割がある。それを全うすべきだと思うよ」

「……」

「とりあえず今は、レオナルドを公爵家の跡取りとして、教育することが君の役割だ」

「はい……」

「レオナルドを育てあげた実績を引っさげて、本格的に教育係の仕事を請けおうのもいいだろう」

「……教育係を？」

「ホーランド伯爵家に養子入りすれば、信用度が上がって、仕事も依頼されやすくなるはずだ」

オリヴァーはどんどん話を進めていくが、ラチェリアは半分くらい聞きのがしていた。

仕事として教育係を請けおう。なるほど、考えていなかったが、それはよいかもしれない。

最高レベルの淑女教育を受けてきたラチェリアの知識や経験を、次の世代に伝えるのは意義のあることだ。それに、教育係という仕事を通して、ラチェリア自身も学ぶことがあり、知識を得ることに貪欲《どんよく》なラチェリアには天職かもしれない。

「ですが養子だなんて」

「彼らなら喜ぶと思うがな」

「そんなことは……」

確かに何度かミシェルが、「うちの子になっちゃいなさいよ」なんて冗談めかして言ってくれてはいたが。

「とにかく、平民になることは反対だ」

「……」

「私が君の父上に恨まれることになるからな」

「まぁ……」

(オリヴァー様を恨むような、筋違いなことはしないとは思うけど……。お父さまはあんなに不愛想な顔をしているのに、私のことは大好きだから)

ありえない話というわけでもないか。

「それに、金は大切だ。貴族子女の教育係なら給金もいいだろう。生きていくには、そういったことも考えないといけない」

(そうよ。お金は必要だわ)

「元夫を見かえしたいのなら、帝国中にその名を知らしめて輝くのもいいだろう。そうなれば、誰も君に迂闊に手を出すことはできなくなるさ」

「え?」

オリヴァーがニヤッと笑った。

「まさか仕返しを考えていなかったわけではないだろう?」

「……考えてなどいません」

「そうか。残念だ」

オリヴァーはクスクスと笑った。

「君が輝いたら、彼は後悔すると思うよ」

「しませんわ。彼は私のことなど興味ありませんもの」

「そうかな?」

ラチェリアは知らないのだ。ブラッドフォードが、離婚に異議を申したて、アラモアナとの再婚を嫌がったことを。ラチェリアを最後まで追っていたのもブラッドフォードだ。それに、今の彼は、幸せとは言いがたいようだが。

(それを教えてやる気はないけどな)

「さぁ、この話はおしまいだ。次、平民になるなんて言ったら、屋敷に閉じこめるかもしれないよ」

「え?」

オリヴァーは笑うだけで、それ以上何かを言うつもりはないようだ。

「それにしても、レオはあの場所から全然動かないな」

急に遠くを見たオリヴァーの視線の先には、しゃがみこんで下を見たまま動かないレオナルドがいる。

「何を見ているんだ」

オリヴァーが立ちあがった。ラチェリアも。

「多分、虫ですわ」

「虫か」

「長いときは、一時間近く見ています」

まさに昨日がそれだった。話しかけても「はーい」と気のない返事をするだけで一向に動かず、何を見ているのかと思ったら、小さな蟻が大きなミミズを一生懸命運んでいた。レオナルルドはただそれを興味津々《しんしん》で見つめていたのだ。

「面白そうだな。我々も見てみよう」

そう言ってオリヴァーが手を差しだした。ラチェリアはその手を取って、レオナルドのもとに向かった。

❋
❋
❋

ガゼル王国の王都にある教会前の広場。

アラモアナが教会のチャリティーに参加するのは、今回が初めて。公務のひとつではあったが、あまり気乗りがせず、これまで体調不良を言い訳に、参加を見おくっていたのだ。

元王太子妃であるラチェリアは、チャリティーには毎回積極的に参加をしていて、教会と良好な関係を築き、併設する孤児院の子どもたちにも人気があった。ブラッドフォードと離婚をし、今後ラチェリアが孤児院に来ることはないと知ると、泣きだした子どももいたほどだ。

そんな場所を、アラモアナが敬遠《けいえん》することを、周囲が理解しないわけではないが、そう何度も体調不良が通用するわけもなく、仕方なく今回は参加することにしたのだ。

「なんで私がこんなことをしなくてはいけないのよ」

教会の人間は、アラモアナに対していい感情を抱いていない。アラモアナが王太子妃の座を奪い、ラチェリアを追いだしたと思っているのだ。

「私は、彼女に出ていけなんて言っていないわ。それなのに、私を悪者にして。……本当にいい迷惑」

（それどころか、彼を返してくれれば、王太子妃の座に居すわってもいいと言ってあげたのに）

自分が側妃になれば、ブラッドフォードは自分に夢中になり、ラチェリアのことなんて相手にもしなくなると思っていた。なぜなら、ラチェリアと結婚をしても、ブラッドフォードが愛しているのはアラモアナだけだということは、誰でも知っていることだったからだ。それはラチェリアでさえ自覚していた。

二人が一緒にいても、話をするのはラチェリアばかりで、ブラッドフォードは不機嫌な顔をして相槌を打つだけ。それなのにラチェリアは、ブラッドフォードの気を引こうと必死に縋りついて、みっともないし哀れだった、なんて話を宮殿内の侍女から聞いたときは、思わず吹きだしそうになった。

それに、子も産めないラチェリアには、王太子妃としての価値はない。いずれ不要になり、ブラッドフォード自ら離縁をすることになるだろうから、それを待っていればいいのだ。そして、真実の愛を貫いた二人の恋物語が、再び美しく語られるのだと、そう思っていた。

（冗談じゃないわ。私はなんのために……）

アラモアナは爪が手の平に食いこむほど、強く拳を握りしめた。

ブラッドフォードは、昔のように盲目的に愛をささやかない。それどころか、まったくアラモアナに関心がないのではないかとさえ感じる。

（いいえ、そんなはずはない。私にはジャスティンがいるんだから。そうよ、王族の血を引くジャスティンがいる限り、彼は私に無関心ではいられないのよ）

アラモアナは目の前に置かれた紅茶を見たが、手を付ける気も起きなかった。笑顔を張りつけてチャリティーに参加をしているアラモアナは、教会の中に用意された個室で、頻繁に休憩を取っていた。まだチャリティーが始まってから、二時間しかたっていないのに、今で七回目の休憩だ。さすがに毎回飲み物を飲みたいとは思わない。

楽しくもないのに平民相手に笑顔を振りまいて、いったいなんの意味があるのか。

王太子妃として、教会のチャリティーへ参加することを決めたのはラチェリアだった。歴代の王太子妃が、皆こんなことをしていたわけではなく、ラチェリアが王太子妃となる前から行っていた活動を、王太子妃となってからも続けていただけ。

だから、ラチェリアが王太子妃としてチャリティーに参加しはじめた当初、貴族のあいだでは人気集めのパフォーマンスと言われていた。立場を考えない軽率な行動だ、と批判されたこともある。

しかし、地道に活動をすることで、教会とも良好な関係を築くことができ、いつの間にか周囲の見る目も少しずつ変わっていった。その結果、アラモアナが王太子妃となった今でも、公務として続いているのだ。

しかし、アラモアナにしたら不満しかない。王太子妃がするような仕事なのかと疑問さえ湧いてくる。それに、不愉快なあの言葉。

今日のアラモアナのドレスは、ローズピンクのプリンセスラインに、デコルテ部分はレースが施された上品なもの。首には大きなエメラルドのネックレスが光っている。アラモアナが結婚の記念に、とブラッドフォードにねだったもので、女性なら誰もが憧れる最高級品だ。

しかし、ここでは誰もそれについて触れることはない。この場が貴族の集まるパーティー会場なら、こぞって令嬢たちがアラモアナを囲み、羨望の眼差しでアラモアナとネックレスを見つめるだろうに。

それなのにここでは、孤児院の子どもたちがアラモアナを囲み、「お姫様はここで何をしているの？」と聞いてきた。少し気分がよくなったアラモアナが、「今日のチャリティーのお手伝いに来たのよ」と答えたら、「フーン。でも、ラチェリア様は、お仕事の邪魔にならないようにって、裾《すそ》が広がらないドレスを着ていたよ」と言った。

(本当に腹が立つわ。私は王太子妃なのよ)

こんな無礼なことを言われても、子どもだからと笑顔で相手をしなくてはいけないのか。

「殿下」

アラモアナがいらいらしながら爪を噛んでいると、護衛騎士のジャックが口を開いた。アラモアナのためなら、地獄へでも迷わず足を踏みいれると思われるジャックは、彼女を女神のように崇拝している。

「殿下がチャリティーに参加されたことで、民はますます殿下を国の母として賞賛するでしょう。私は、人々のために力を尽くされている殿下の騎士であることを、誇りに思います」

「ジャック……」

片膝を突き、頭を下げるジャック。アラモアナに忠誠を誓った、誰よりも信頼できる騎士。もしかしたら、ブラッドフォードよりも。

アラモアナはようやく沈んだ気分が落ちついてきた。

「ありがとう。あなたはいつも私のことを心配し、支えてくれるのね」

「当然のことを言ったまでです」

ジャックは至極まじめな顔をし、ジャック以外の四人の騎士も、ジャックと同じように片膝を突き、頭を下げている。彼らもまた、アラモアナこそ王太子妃であり、彼女こそが未来の国母であると思っている者たちだ。

「あなたたち……ありがとう。私、少し弱気になっていたわ。そうよね。私は王太子妃よ。未来の国母なのよ」

ラチェリアの偶像に取りつかれている教会なんて、気にする必要はないのだ。アラモアナの未来は王妃と決まっている。そして次代の王の母。この国で一番尊い女性となる身なのだ。

時計を見たアラモアナは重い腰を上げた。気がつかないうちにずいぶん時間がたってしまったが、気持ちを切りかえたお陰か、さっきよりずっと気分がいい。

とにかく今日一日は我慢しよう、と決めて外に出たアラモアナは、先ほどより人出が増えていることに驚いた。アラモアナが広場まで行くと、人々がアラモアナに気がつき、わっと歓声を上げた。いつの間にこんなに人が集まったのか。

「王太子妃様！」

「アラモアナ様！」

王太子妃であるアラモアナがチャリティーに来ていると聞いて、人々が集まってきたのだと言う。

「まぁ、なんてことでしょう！」

アラモアナは、騎士たちに守られながらその歓声を受け、手を振りながら子どもたちの横に立ち、うれしそうに話しかけてきた人々に笑顔で応えていた。

それから二時間ほどがたち、休憩のためにその場を離れたアラモアナは、教会の敷地内にある、人けのない場所に置かれたベンチに座って、大きく息をついた。

人々がひっきりなしにやってくるので、まったく休む時間がなくて疲れたが、「王太子妃様のお陰で、久しぶりにクッキーが売りきれました」と、子どもたちに感謝をされると悪い気はしない。「お姫様、ありがとう」と、笑顔を見せて手を握ろうとした小さな女の子を、「無礼者！」と言って、ジャックが払いのけたことには驚いたが。

少しするとそこへ、侍女が水を持ってきた。それを受けとって渇いた喉を潤すと、ほっと落ちつく。

（あとどれくらいで終わるのかしら？）

もう十分働いたし、できることなら帰りたい。アラモアナは、少し離れた所に見える広場に目をやって、それから溜息をついた。

するると、教会の裏手から、大きな荷車《にぐるま》をのろのろと引いてきた若者が、「王太子妃殿下」とアラモアナに声をかけてきた。そして、荷車を近くに止めて、若者がアラモアナに近づいてきた。その若者の前に立ちふさがったのは、アラモアナを守る五人の護衛騎士たち。

「うわぁ！」

剣に手をかけている騎士たちを見て驚いた若者が、思わず後退《あとずさ》りした。

「平民風情《ふぜい》が、妃殿下に気安く声をかけるな」

護衛騎士のジャックは、鋭く若者を睨みつける。

「ひぇ」

驚いた若者が、顔を青くして身をすくめた。

「ジャック、やめてちょうだい。怯《おび》えているわ」

アラモアナは立ちあがると、騎士たちのあいだを抜けて、微笑みながら若者に近づいた。

「たくさんの荷物を運んでいるのね。今日のチャリティーの商品かしら？」

アラモアナの美しい笑顔を見て少しほっとした若者は、うつむき気味に帽子を取って頭を下げた。

「はい。知り合いの爺さんが亡くなって、遺品を整理しなくてはいけないので、売れそうなものを持ってきました」

「……は？　なんですって」

「え？　で、ですから、遺品を持ってきたんです」

若者の言葉にアラモアナは顔を青くした。

「遺品を売るということ？」

「え？　ええ、そうです」

「なんてこと！」

アラモアナの声が突然大きくなる。

「そんな不浄なものを売るなんて！」

「え？　いや……」

「信じられないわ。そうやって故人の思い出を、お金に換えることも信じられないし、不浄なものをばら撒《ま》くことも信じられない！」

「違っ――！」

「ジャック！　すぐにこの荷物を遠くへやってちょうだい」

「はっ！」

「それから、あなた！」

アラモアナが若者を睨みつけた。

「二度とこんなことはしないでちょうだい。また次に見つけたら、必ず罰を与えるわ」

「ひぃ！」

アラモアナに蔑むような視線を向けられた若者は、顔を真っ青にしてハンドルを握り、荷車の向きを変えた。

「早く進め！」

ジャックの鋭い声に、若者はびくっと体を震わせ、慌てて荷車を引きはじめた。荷車の両脇には二人の騎士。若者はうなだれながら、何度か広場のほうを振りかえり、ぎーぎーと軋《きし》む荷車を引いて、来たばかりの道をのろのろと戻っていった。

荷物を運びだした故人の家は、教会から二十分ほど歩いた所にあった。故人の家の前で荷車を止めるとジャックは、「二度とこんなばかな真似をするな！」と言って若者を睨みつけ、二人の護衛騎士と共に、早足でアラモアナのもとに戻っていった。若者は呆然としたまま、いったい何がどうなっているのかわからずに立ちつくしていた。

アラモアナは興奮が収まらず、同じ場所を行ったり来たりしている。

「本当に信じられないわ。なぜ神聖な場所に、あんなものを持ってくるのかしら？」

もし、不浄なものを売っているチャリティーに参加していたと世間に知られれば、アラモアナがそれを容認したとして、不名誉な傷が付きかねないというのに。

「追いかえすだけでなく、しっかりと罰を与えるべきだったわ」

あの若者は、アラモアナの目の届かない所で、再び同じ過ちを犯すかもしれない。

「あら？」

ふと会場のほうを見ると、いつの間にか人々もまばらになり、片づけを始めている者もいた。予定よりずいぶんと早く終わったようだ。

「そろそろ帰ることができそうね」

アラモアナは、うれしそうに馬車を用意するように指示をした。ふと教会の前を見ると、司祭と助祭《じょさい》が真剣な顔をして話しあっている。アラモアナの姿が見えず、心配をしているのかもしれないと思い、アラモアナは彼らのもとに向かった。

「司祭様」

アラモアナが声をかけると、司祭は穏やかな笑みを浮かべ、恭《うやうや》しくあいさつをした。

「王太子妃殿下。本日はお忙しい中、チャリティーに参加をしてくださりありがとうございます」

(なによ……。私のことを気にしていたわけではないのね)

司祭の口調からそれがわかる。

「いいえ、これも王太子妃である私の役目ですから。それで、何かあったのですか?」

アラモアナが聞くと、司祭は少し困った顔をして口を開いた。

「ええ。実は今日来るはずだった品物が、約束の時間になっても届かなかったのです。それで予定よりも早くチャリティーが終了してしまいまして。何か問題が起こったのかもしれませんので、あとで誰かに様子を見にいかせようかと思っているところです」

「まぁ！ そんなことが。それはなんだったのかしら?」

三時に終わると聞いていたが、今の時間は二時。多分、その届かなかった商品を売る予定だった時間の分、早くチャリティーが終わってしまったのだろう。

「実は、先日亡くなった故人の遺品を売るはずだったのです」

「は？　遺品？　……何をおっしゃっているのです？」

アラモアナは先ほどまでの笑顔から一転して、険しい表情になった。

「え？」

「故人の遺品を売ると言うのですか？」

「え、ええ」

「信じられないわ」

「妃殿下？」

いったい何を言っているのか、お互いに理解できていないような顔だ。

「遺品なんて不浄なものを売って、そのお金であなた方は、幸せになれると思っていらっしゃるの？」

「は？」

「神聖な教会のチャリティーでそんな不浄なものを売るなんて、間違っています！　ロセオル神に対する冒涜です。二度とそのようなことをなさらないでください」

「……」

アラモアナの剣幕《けんまく》に押され、言葉が詰まった司祭ではあったが、ぐっと拳を握りしめて口を開いた。

「お言葉ですが妃殿下。故人の遺品を不浄とおっしゃいましたが、死は等しく私たちに与えられた未来です。それに、ロセオル神は死を不浄なものとはしておりません。精一杯生きたものの証を、不浄と呼ぶのはいかがなものかと。不敬を承知で言わせていただければ、アラモアナ様がお亡くなりになったら、殿下の遺品も不浄と言うのでしょうか？」

「そ、それは」

司祭は、アラモアナの首からかけられたネックレスに目をやった。アラモアナが結婚の記念に、とブラッドフォードにねだって買ってもらったもので、その金額には眉根を寄せる者もいたほどだった。

(妃殿下は、気がついてはいらっしゃらないのだろうか)

「確かに、赤の他人の遺品を嫌がる人はいます。ですが、そのような人たちは買いません。しかし、それを必要としている人もいます。故人からは生前に、自分が神の御許に呼ばれたときには、遺品を売って、教会と孤児院のために使ってほしいと言われています。もちろん、ひとつひとつに思い出はあるでしょう。しかし、決してそのものが不浄なわけではありません」

「……」

「もしや、遺品について妃殿下は何かご存じですか？」

「え、あ……」

アラモアナのうろたえた様子を見て、司祭は小さく溜息をついた。

「いえ、なんでもありません、失礼いたしました。片づけがありますので、私はこれで」

司祭はそう言って頭を下げると、子どもたちに混じって道具の片づけを始めた。アラモアナはぐっと手を握りしめて踵を返す。

「宮殿に戻ります」

そう言うと、教会の前で待っていた馬車に乗りこみ、その場をあとにした。

チャリティーから帰ってきても、アラモアナの気分は優れなかった。

(なぜ、私があんな目で見られなくてはならないの?)

司祭が別れ際に自分に向けた目が忘れられない。あの、見すかしたような、落胆したようなそんな目。

食事の時間になってもアラモアナの気分は悪いまま。その様子が態度に出ていたようで、ブラッドフォードが声をかけてきた。

「何かあったのか?」

アラモアナは、ブラッドフォードの言葉を待っていたかのように、はっと顔を上げて、そして愁《うれ》いを帯びた瞳でブラッドフォードを見た。

「ブラッド、今日は本当に残念な日だったわ」

「どうしたんだ?」

「実は……教会のチャリティーで故人の遺品を売っていたのよ」

「……ああ」

少し間を置いて返事をしたブラッドフォード。その様子にアラモアナは目を見ひらいた。

「知っていたの?」

「知っていたのに、何も言わないの？」

ブラッドフォードは手に持っていたナイフとフォークを置き、ナフキンで軽く口元を拭った。

「故人や家族が望んだ場合に限って、教会が遺品を引きとり、安価で人々に売る。捨てられるはずだったものが必要な人の手に渡って、そのあとも使ってもらえるし、売ったお金は教会や孤児院の運営資金に充てられる。とてもよいことだと思うが？」

「それでも、亡くなった人のものよ？」

「それでもいいという人が買うのだから、問題はないんじゃないか？」

「亡くなった人のものなんて、気味が悪いわ」

「……」

アラモアナは、自分の両手で両腕をつかんで首をすくめた。

「ラチェの……ラチェリアが言いだしたことだ」

「え？」

「遺品を集めて、定期的にチャリティーで売ることを考えたのはラチェリアだ。最初はアナのように言う人もいたが、身寄りのない老人や、遺品の処分に困っていた人たちからは喜ばれた。それに、安く買えるからすぐに売りきれたそうだ。遺品の中には、とても価値のあるものが眠っていることもあって、骨董《こっとう》の収集家が買いに来ることもある。人の感じ方次第で、その価値はいくらでも変わると思うよ。遺品を売るという行為を、受けいれている人たちが少なからずいるのなら、それは決して否定できるものではない」

「……そうかもしれないけど」

(あの人の発案ですって?)

アラモアナはぎゅっとドレスを握りしめた。

「私の考え方は間違っていると言うの?」

「そうは言っていない。受けいれられる人と、そうではない人がいるだけだ。僕は悪いことだとは思っていないし、アナと同じように考える人も当然いる。互いに認めることも必要だと言っているだけだ」

「……私は、受けいれられないわ」

「それは人それぞれだから、否定はしない。……ただ、君が結婚の記念にと欲しがったエメラルドのネックレス。あれも遺品であることを自覚してほしい」

アラモアナはえっと驚いたように顔を上げ、目を見ひらいてから顔を真っ赤にしてうつむいた。

今日のチャリティーで、アラモアナを華やかに演出した自慢のネックレス。それは第十二代国王が愛する王妃に贈った、『ベリルの女神』と呼ばれる当時最大の大きさを誇った、特注《とくちゅう》のエメラルドのネックレスだ。

それから二人は話をすることもなく、無言のまま食事を終えた。ジャスティンは、ずっとうつむいたままだった。

❋　❋　❋

皇宮の一室に、緊張した面持ちのラチェリアと、その両隣にジェイクスとミシェル。ラチェリアの向かいに皇帝オルフェン。その左手にオリヴァー。

皇宮からの招待状が届いたと聞いたときは、なぜ異国の人間である自分が招待されるのか理解ができず、もしかしてガゼル王国に引きわたされるのでは？　と不安になったが、そうではないと知ったとき、思わず盛大に安堵《あんど》の溜息をついてしまった。

しかしそれも束の間、ミシェルとジェイクスの姪で、レオナルドの教育係をしているラチェリアに、皇帝オルフェンが興味を持ったからだと聞いて、再び緊張に体が強張った。

大国ユヴァレスカ帝国の皇帝なんて、ラチェリアにしたら天上の人。緊張しないほうがおかしいくらいだ。

「ホーランド伯爵邸の住み心地はいかがかな？」

そんなラチェリアの緊張をよそに、オルフェンは楽しそうに口を開いた。

「はい。大変よくしていただいております」

「ジェイクスとミシェルは変わり者だからな。何か困ったことがあったら、私になんでも相談するといい」

「困ったことってなんですか」

ジェイクスは少し眉尻を下げた。ジェイクスはひとつのことに没頭《ぼっとう》すると周りが見えなくなるし、気の利く性格ではない。その自覚があるので、オルフェンにそれ以上のことは言えない。

「聞いたぞ。ラチェリア嬢に、食べ歩きを教えたとか」

普段から貴族らしからぬことをする二人ではあったが、まさか元王太子妃にそのようなことを教えるとは。

「まぁまぁ、いいではないですか」

ミシェルの軽快な言葉は、皇帝と話しているというより、親しい隣人と話をしているようだ。

「今まで堅苦しい生活をしてきたのですから、少しくらい羽を伸ばさないと」

それはそうなのだが、と苦笑いをするオルフェンとオリヴァー。楽しそうにうなずくラチェリア。

「ほどほどにな」

オルフェンは羽目を外しすぎないように、と釘を刺した。

「実は、ウィリアムから手紙をもらってね」

「父からですか？」

皇帝オルフェンの、予想もしなかった言葉に驚いたラチェリアは、思わず間抜けな声を出してしまった。

「ウィリアムとは何度か話をしたことがあるのだよ」

（お父さまは陛下と親交があった？）

「君が世話になる、とね」

いったいどのような関係で皇帝にそのような手紙を送っているのか。

「大変失礼をいたしました。陛下にそのような私事を」

「いや、いいのだ。ウィリアムとは、若いころにジェイクスを介して知りあったのだ。イライザともな」

「母にも？」

ウィリアムやイライザがオルフェンと親交を持ったのは、帝国の国立学院に留学をしたとき。そういえば、ジェイクスと知りあったのも、留学をしていたときだと聞いている。

「年に一度はあいさつの手紙をもらっていたのだ」

ウィリアムの手紙に書かれていたのは、あいさつや当たり障《さわ》りのない話ばかりだったが、時折書かれていた愚痴ともとれる内容には、娘を心配する父親の姿が垣間《かいま》見えた。

「あなたは私の友人の大切な一人娘だ。それに親友の姪でもある。我が国にいる限り、あなたの身の安全は私が保証しよう」

「ありがとうございます」

感謝と戸惑い。どちらかといえばラチェリアの心の内は、感謝より戸惑いのほうが大きい。

（ここでもまた、私は守られる立場なのだわ。守られていないと得られない自由……）

「それで、レオナルドの教育係は順調かな？」

「もちろんですよ」

ラチェリアの代わりに答えたのはオリヴァー。その成長は目覚ましく、賢い子だとは思っていましたが、実際は天才でした、と鼻息を荒くする。

「親ばかもそこまでいくと引くな」

オルフェンがクククと笑った。

「兄上もレオに会えばわかります。言葉遣いも、五歳児とは思えないほどしっかりしましたし、すべてリアのお陰です」

「いえ、そんなことは」

オリヴァーがレオナルドを褒めると、ラチェリアもうれしくなる。ただ、レオナルドはもともと賢い子だっただけで、ラチェリアのお陰というわけではないのだけど。それを何度言っても、オリヴァーは納得してくれないので、最近は言うのをやめた。

「それなら、今度レオを連れて宮殿に遊びに来るといい」

「レオが来るかどうか」

レオナルドは、あまり宮殿に来るのが好きではない。従兄《じゅうけい》とは歳が離れているし、一番歳の近い従姉《じゅうし》のペリアリスはわがままで、レオナルドのほうが年下なんだから、と命令ばかりしてくるからまったく楽しくないのだ。

それを知っているオリヴァーは、レオナルドに無理強いをしないし、オルフェンもそれなりに理解をしている。

「仲良くできるようになるといいのだがな」

オルフェンはペリアリスの婚約者にレオナルドを、と思っているが、今の二人の関係のままでは叶いそうにない。やれやれと首を振ったオルフェンは、再びラチェリアに向きなおった。

「あなたが淑女として、教育係として素晴らしいことは、ここにいる三人から聞いている」

「滅相《めっそう》もないことでございます」

「そんなにかしこまらなくてもよい。私は帝国にとって利のある人材を、野放しにはしないのだ」

「私に利がありますでしょうか？」

「私は大いにあると期待している」

(私に？　期待？)

オルフェンがニヤッと笑った。

「帝国の女性は皆たくましい。帝国では女性が爵位を持つこともできる」

「あなたがこの帝国で、自分の足で立ち、自分の手で自分の進むべき道をつかみ取ることを願っているよ」

オルフェンの言葉は、ラチェリアに対するエールだ。今は守られることで得られる自由を、自分の手でつかみ取れという。

ラチェリアの胸が熱くなるのがわかった。自分が今まで渇望しながらも、見えなかった道が見えてきたのだ。叙爵《じょしゃく》したいとは思わない。でも、自分の足で立ちたいとは思う。誰に守られることもなく、一人で。

ラチェリア・ホーランドになりました

皇帝オルフェンとの謁見から一か月が過ぎたころ、ラチェリアはホーランド伯爵夫妻の養子となった。ウィリアムの娘でなくなったことは寂しいが、それは紙面上の話で、親子の絆《きずな》が切れたわけではない、とミシェルがラチェリアの肩を抱いた。

「お義母《かあ》さま、心配しないでくださいさい。私、家族が増えてとてもうれしいのですから」

ミシェルにとってラチェリアは、姉イライザの忘れ形見。ラチェリアにとっても、母イライザによく似た叔母のミシェルは、母の面影を重ねてしまう存在。二人がさらにその仲を深め、知らない人が見れば、本物の親子と勘違いをしてしまうほどの関係になるのに、時間はかからなかった。

「あなたが私たちの義娘《むすめ》になった以上、一度は社交界に顔を出したほうがいいのだけど、どうかしら?」

「もちろんそのつもりです。ホーランド家の養子となると決めたときから、貴族としての役割を果たすつもりでしたから」

「ありがとう。それと、あなたの出自《しゅつじ》は近しい人以外には秘密よ」

「はい、ありがとうございます」

「そのせいであなたが悪く言われるかもしれないけど」

「大丈夫です。そんなの慣れっこですわ」

「……そう」

陰口を言われることに慣れてしまうほど、これまでもいろいろなことがあったのだ。そう思うとミシェルの顔がゆがむ。これからは、そんなことで心を痛めないでほしいと思うのに、そうさせてあげられないことが心苦しい。でも。

「私たちは変わり者夫婦として有名なの。社交界にだってほとんど顔を出していないし、お茶会なんてお友達以外は全部断っているの。だから、あなたも変に気を回す必要はないわ。あなたも変わり者って言われてしまうかもしれないけど」

ミシェルがそう言って笑った。

「……ありがとうございます」

ミシェルは、必要最低限の社交だけでいいと言ってくれた。それだけでも、ラチェリアの気持ちが軽くなる。それにしても、皇帝の寵愛を受けるホーランド伯爵夫妻が、社交界にほとんど顔を出さないとは驚きだ。

「学生時代から変わり者と言われていたジェイクスを、陛下が気に入ってね。ジェイクスが薬の第一人者と言われていることは知っている？」

「ええ、もちろんです」

「それも陛下が支援することを公言してくださって、研究に没頭できたからなの」

誰一人としてジェイクスの研究に興味を示さなかったが、唯一オルフェンだけは「面白い」と言ってジェイクスの言葉に耳を傾けた。いや、耳を傾けたという言葉は違う。あまりにしつこくオルフェンがジェイクスに話しかけるので、ジェイクスが折れた、と言ったほうが正しい。

しかし、そんなオルフェンの努力の甲斐《かい》あって、二人は友人関係になり、ジェイクスは薬の研究に没頭することができるようになったのだ。

「でもまったく社交をしないわけにはいかないから」

ジェイクスもいやいやではあるが、年に何回かは夜会に顔を出しているらしい。

「心配なさらないでください。私はお義母さまが必要と思うところに出ようと思いますわ」

「そう。それがいいわ」

上位貴族とつながりを持っておけば、面倒事にも対処できるだろう。まずは、帝国内で起こりうる問題の芽を摘んでおかなくては。

「最初にメリンダ様にごあいさつに行きましょう」

「メリンダ様と言いますと」

「この帝国内には、メリンダと呼ばれる方はお二人いらっしゃるけど、私がメリンダ様と言ったら、オリヴァーの姉君よ。バーレイン侯爵夫人と言えばわかりやすいかしら」

「はい、わかります」

バーレイン侯爵の妻であるメリンダは、第三皇女でオリヴァーの実の姉。摘むべき問題とはオリヴァーのことだろう。

誰ともわからぬ小娘が、公爵邸に出入りしているとなれば、どんな面倒に巻きこまれるかわからない。もうすでに噂が立っている可能性もある。それに、オリヴァーの後妻の座を狙っている令嬢は多い。そこにラチェリアが現れれば、胸中穏やかでいられない令嬢からの攻撃は避けられないだろう。だが、メリンダと懇意にすれば、迂闊にラチェリアに手出しすることはできなくなる。

「それに、彼女はレオのことも大好きなのよ」

「レオですか？」

「そう。レオの教育係なら絶対興味が湧くでしょうし、その目も厳しくなるわ。だけど、彼女に気に入られれば面倒を回避できるのよ」

それに認められれば、教育係としての仕事を得るチャンスもあるかもしれない。

「まぁ、会えばわかるわ」

ミシェルはそう言って笑った。

❋　❋　❋

社交界は大きく、メリンダ・ラナ・バーレイン侯爵夫人を中心とした派閥と、カルディナ・ペスカ・メイフィン公爵夫人を中心とした派閥のふたつに分かれている。

そしてメリンダとカルディナは仲が悪い。その原因は過去の出来事にあった。

前皇帝ザッカリーは、多くの妻を持っていたため、その子どもも多い。現皇帝オルフェンとメリンダとオリヴァーは前皇后シェフリの子で、ほかの五人の兄弟は四人の側妃の子だ。

そして、シェフリの子どもたちは、三人ともとても優秀だったのに対して、側妃の子どもたちは可もなく不可もない程度。

前皇帝ザッカリーは、若い女性が好きだった。シワのない美しい肌が好きなのだ。

だから、ザッカリーが新たに迎える側妃は二十歳にも満たない令嬢ばかり。側妃はただザッカリーの寵愛を受けるだけでいい。しかし、小さなシワのひとつでも見せればお払い箱。

そんな側妃たちへの扱いとは違い、歳をとってもシェフリはいつまでも愛された。もちろんそのために手入れを欠かさず、死ぬまで小さなシワのひとつもなかったと言われている。

一方、玩具のように簡単に捨てられた側妃たちは、その落胆から一気に劣化していった。

その程度の扱いだから、側妃の子どもたちにも、特別な期待などされてはいない。どのみちシェフリの産んだ優秀な子どもたちがいれば、ほかの子どもは、政治的なつながりのために使えばいいのだから、下手に賢くないほうがいい。賢さは余計な争いの元だ。

だから、可もなく不可もない程度に育ててあげた。

では話を戻そう。

そもそも、なぜ二人の仲が悪いかといえば簡単な話。

カルディナは第五皇子のオリヴァーに求婚したが、オリヴァーの姉メリンダが妨害し、やむなく第三皇子のアレクサンドロを、カルディナの夫として、メイフィン公爵家に迎えることになったからだ。

オリヴァーへの求婚に、最初に腹を立てたのはメリンダ。当時、婚約者の決まっていなかった高位貴族の令嬢はカルディナだけ。カルディナはオリヴァーより六歳も年上だが、歳の差のある結婚など珍しいことではないから、それ自体さほど問題ではない。

それにメイフィン公爵家は、過去には筆頭公爵だったこともある、歴史ある家門で、財力もそれなりにある。だからそれだけを見れば、オリヴァーの結婚相手として不足はなかった。

それでも、メリンダはこの求婚を認めなかった。

理由のひとつに、メイフィン公爵が気に入らない、というのがある。

カルディナの父メイフィン公爵の妹が、ザッカリー公爵の妹は、前皇帝ザッカリーの第三側妃。

メイフィン公爵の妹が、ザッカリーの側妃になったとき、メイフィン公爵は周りを出しぬき、シェフリを陥れて妹を皇后へと押しあげようとした。しかし、メイフィン公爵より一枚も二枚も上手《うわて》のシェフリにその牙は届かず、諦めざるを得なくなった。

だいたい、顔と若さだけが自慢の妹に、皇后が務まるわけもないのに、なぜそんなばかな企《たくら》みを考えたのか？　結局、寝首をかくつもりが返り討ちにあい、すべてを台無しにしたメイフィン公爵は、辛《かろ》うじて公爵としては生きのこったが、筆頭公爵の地位を失った。

そして、その娘のカルディナはかなりの男好き。それも、メリンダが求婚を認めなかった理由のひとつだ。

メリンダは即刻《そっこく》この求婚を取りさげるように、メイフィン公爵に圧力をかけた。

なぜメリンダが圧力をかけたのかと言うと、母親である皇后シェフリは、「オリヴァーが結婚をして、そのまま家をいただいいちゃえばいいじゃない」と、オリヴァーとの結婚を認めようとしていたからだ。それはザッカリーも同じ。たとえ落ちぶれた公爵家だとしても、その土地や財力にはそれなりに魅力がある。

しかし、メリンダの考えは違う。あの汚らわしい女が、オリヴァーに指一本でも触れるなんて考えたくもない。なんといっても、カルディナはパーティーに参加するたびに、パートナー以外に何人も男を引きつれて歩き、パーティーの中盤には会場を抜けだし、男とよろしくやっているような阿婆擦《あばず》れ。そのくせ、自分より六歳も年下のオリヴァーを寄こせなどと、汚らわしい口でほざいたのだ。

メリンダが溺愛する弟オリヴァーは、当時十二歳。とろける笑顔で「姉上!」と言って、駆けよって来る最愛の弟を、あの女にくれてやるわけがない。

そこで、とあるパーティーで、カルディナがいつものように、見目麗しい下位貴族の青年を捕まえて、情事《じょうじ》を楽しもうとしていたところへ、メリンダが美麗の男娼《だんしょう》を三人送りこんだ。そこからは一人の女に男四人で乱交《らんこう》パーティー。そして、カルディナが十分に楽しんだところで、メリンダが騎士を従えて乗りこみ、事を公にしたのだ。

未婚の女性が男性に肌を許すだけでも、十分醜聞となるのに、四人の男と情事を楽しんでいたところを乗りこまれたカルディナは、半狂乱《はんきょうらん》でメリンダを罵《ののし》ったという。

その醜聞を受けて、メイフィン公爵はオリヴァーへの求婚を取りさげ、ようやく取りもどしはじめていた権威を再び失った。そして、カルディナの婿には第三皇子のアレクサンドロが納まったのだ。

メリンダはその事件をきっかけに、「メリンダ皇女を怒らせたら破滅させられる」とささやかれるようになった。

そしてカルディナは、いまだにオリヴァーに執着をしている。


「今回のお茶会には、メリンダ様に特に近しい方たちが呼ばれているの。つまり社交界の中心にいる方たち」

ラチェリアは名簿を見ながらブルッと震えた。

「それだけ、メリンダ様はあなたに関心を示していらっしゃるのよ」

(敵意を持たれている可能性もあるということだわ)

大切なオリヴァーとレオナルドを誑《たぶら》かす女、と見られているかもしれないのだから。

「メリンダ様は、私の娘だからというだけでリアを受けいれるほど、お優しい方ではないわ」

「はい」

(自分の力で信頼を得なさいということね)

「その代わり、認められればあの方ほど頼りになる人もいない。皇后様より発言力をお持ちだし、社交界の頂点にいるお方よ」

そのような人に認められるとなると、生半可《なまはんか》な覚悟では無理だ。ラチェリアにその価値があるのかと聞かれれば、自信を持って「はい」と言えないのは残念なところ。

「大丈夫よ、そんなに心配をしなくても」

深刻な顔をしているラチェリアを見て、ミシェルはクスリと笑った。

❋　❋　❋

お茶会当日。ラチェリアは普段より一時間以上早く起きてしまった。お茶会でこんなに緊張したのは初めてだ。

食堂に向かうと、すでにジェイクスは食事を終え、珈琲《コーヒー》を飲んでいた。

「おはよう、リア」

「おはようございます、お義父《とう》さま。お早いですね」

「ああ、今日は少し忙しくてね」

「お義父さまはいつもお忙しいですわ」

ジェイクスは新薬の研究が大詰めを迎えていて、深夜の帰宅になることもたびたびある。それでも研究所に泊まりこんで、数日帰ってこなかったころに比べれば、帰ってくることができるだけまだましだとか。

「私もいい歳だからね」

ここ数年は、若手の研究員たちが、必死にジェイクスを家に帰そうとしているらしい。

「今日は、メリンダ様のお茶会だって？」

「はい」

「緊張しているのかい？」

「ええ、それでいつもより早く起きてしまいました」

「リアでも緊張するんだね」

ジェイクスは意外だなと笑った。

「私もこんなに緊張するのは、社交界デビューのとき以来ですわ」

社交界デビューの前日も、緊張しすぎてなかなか眠ることができず、ベッドの中で何度も寝がえりを打っては、大きな溜息をついていた。

「君がそんなことで緊張するなんて想像できないよ」

「そうですか？」

「それより緊張することがあったんじゃないかと思うけど」

王太子妃になったときとか？

「そうですね。若いころは夢や希望があって、私の前途は輝いていたので」

それは暗に、社交界デビュー以降のラチェリアの人生には、夢や希望がなかったと言っているように聞こえるのだが。

「現実を見ることができるようになったということですわ」

ラチェリアはクスリと笑った。

「すまない」

ジェイクスは余計なことを言わせてしまった、と申し訳なさそうな顔をした。

「気になさらないでください。昔のことです。今は、若かりしころのように、ドキドキする緊張感を味わうことができて、本当にうれしいのですから」

「今でも君は若いよ」

「まぁ」

ラチェリアは二十三歳。年齢だけを考えれば十分若い。

「あら、早いのね」

二人が話をしているところに、ミシェルがやってきた。

「おはよう、ミシェル」

「おはようございます、お義母さま」

「おはよう。リアは珍しく早いのね」

ちなみに、現在の時間は五時。ラチェリアの普段の起床時間は六時。決して遅い時間ではない。ジェイクスとミシェルがとても早いだけなのだ。

メリンダ・ラナ・バーレイン侯爵夫人主催のお茶会にやってきた、ラチェリアとミシェル。

門をくぐると、道の両脇に植えられた色とりどりのカルミアが二人を出むかえ、その奥のきれいに刈《か》り込みをされたツツジや、バラのアーチ、青々とした芝生がラチェリアの目を楽しませた。そして、馬車が邸の前に着いたとき、扉の前に立つ美しい女性をひと目見て、メリンダだとわかった。

艶やかな黒髪に、黒い瞳。長身のすらっとした佇まいが、オリヴァーによく似ている。

(なんて美しい方かしら)

メリンダの第一印象はそのひと言に尽きた。

「あなたがラチェリア嬢ね」

「初めてお目にかかります。ラチェリア・ホーランドと申します」

ラチェリアの丁寧なカーテシーに、メリンダが微笑んだ。

「ミシェルによく似ているわね」

メリンダがミシェルにそう言うと、ミシェルは「うれしいお言葉ですわ」と満足そうに微笑んだ。

「似ているのは、容姿だけじゃないといいのだけど」

そう言ってメリンダは美しい笑顔をラチェリアに向ける。

「ご期待に添えると思いますわ」

ミシェルの笑顔は変わらない。

「楽しみね」

そう言ってメリンダはラチェリアとミシェルを邸の中へと案内した。

バーレイン侯爵家は歴史のある家門で、格式が高い。それは調度品にも表れていて、長く大切に使ってきた調度品の色味は深く、それが歴史を感じさせる。中でも廊下に飾られた大きな柱時計は、二百年も前のもので、複雑な仕組みのため、修理をすることもできず、針は止まったままなのだとか。それでも家門と共に歴史を歩んできた柱時計は、これからもそこにありつづけるのよ、とメリンダは笑った。

ラチェリアとミシェルが案内された部屋は、中庭に突きだした四面ガラス張りの特別な部屋だった。

(なんて素晴らしい光景でしょう)

こんなに大きなガラスをラチェリアはこれまで見たことがない。その開放的な部屋からは、中庭の美しい花々を、あますことなく愛でることができ、静かに揺れる花を見れば、優しい風を感じることができた。

ラチェリアが案内された席にはすでに夫人たちが座っており、皆笑顔で二人を迎えた。本来ならラチェリアのような若い令嬢が同席することなど許されない、社交界の重鎮《じゅうちん》と呼ばれる夫人たちが居ならぶ近よりがたい席だ。

(貫禄《かんろく》が違うわ)

ラチェリアの手の平が緊張で汗ばむ。

「あらあら、かわいらしいお嬢さんね」

白髪の夫人が口を開いた。ジェシカ・ランウッド・ウィルソン侯爵夫人だ。

「皆さま、ラチェリア嬢です」

「ラチェリア・ホーランドと申します。若輩者《じゃくはいもの》ですが、皆さまの末席《まっせき》を汚させていただきます」

「まぁまぁ、そんな堅苦しいあいさつはいらないわ」

「そうよ、べつにあなたをいじめたりしないから安心しなさいな」

横から口を挟んだのは、飴《あめ》色の髪が美しいアネリシャ・ヴァルス・プリトール伯爵夫人。

「メリンダがいけないわ。あなた、彼女を威嚇《いかく》したのではなくて？」

「いやですわ、ジェシカ様。私はいつもどおりですわよ」

「あなたのいつもどおりは若い子を泣かせる、あれでしょ？」

「まぁ、アーシャったら。いつ私が若い子を泣かせているの」

「いつもよ」

夫人たちが軽く冗談を飛ばしながら、和気あいあいと話を始めた。

「リア」

「はい、お義母さま」

「早く座りましょう」

「は、はい」

想像とは違う穏やかな雰囲気に驚いて、少し不作法をしてしまったラチェリアは、慌てて席に着いた。

「あなたたちは本当によく似ているのね」

ミシェルの横に座る美しい金髪の夫人が、無遠慮《ぶえんりょ》に二人を見くらべた。

（この方は、レイラ・リズ・トーランス侯爵夫人ね）

「実の親子のようでございましょう？」

ミシェルが言った。

「ええ、本当ね。私もかわいい娘が欲しかったわ」

レイラが産んだ五人の息子たちはそろって優秀で、「末の息子まで即完売したの」と冗談を言う。

（なんて明け透けな方かしら）

含みを持たせない話し方はいっそ清々《すがすが》しく、息子自慢がまったく嫌味に聞こえない。

（こんなお茶会は初めてね）

ラチェリアの知るお茶会は、それほど楽しいものではなく、正直に言えば苦痛な時間だったことしか記憶にない。令嬢たちの多くは、ブラッドフォードとアラモアナの恋物語に憧れを抱いていたため、ラチェリアに対していい感情を抱いていなかった。そんな令嬢たちは、ラチェリアには笑顔を見せながらも、扇に隠して侮蔑《ぶべつ》の視線を送っていた。

だからラチェリアはこれまで、和やかなお茶会など参加したことがなかった。

席に全員が座り、本格的にお茶会が始まると、給仕を担当している使用人が、一人ひとりにケーキを配りはじめた。

（これは、多分バウムクーヘンだわ！）

本でしか見たことがなかったが、真ん中に穴があって何層にも重ねて焼かれた、とても手間のかかるケーキだ。

（でも、変ね）

ラチェリアの前に置かれたバウムクーヘンは、六等分程度に切りわけたものに、クリームを添えてあるだけ。見た目はおいしそうだが、これではバウムクーヘンのおいしさは半減してしまう。ラチェリアが顔を上げると、皆ケーキに手を付けず、メリンダと給仕をした使用人に目をやっている。

「このケーキはあなたが切ったものよね」

「は、はい」

若い使用人はびくびくしながら返事をしていた。

「あなた、最近入ってきた使用人ね」

「はい。先月からこちらで働かせていただいています」

「クビよ」

「は？」

「あなたは、クビ」

「な、なぜですか！　なんでいきなりクビなんて」

「使えないからよ」

「なぜです！　わ、私は何も失敗なんてしていません！」

使用人はびくびくしながらも、必死に訴えている。

メリンダは使用人を見てフンッと鼻で笑って、それからラチェリアを見た。

「ねぇ、ラチェリア嬢。この使用人は何も失敗をしていないと言うのだけど、あなたはどう思う？」

ラチェリアは少し目を見ひらいた。今、ラチェリアは試されている。

気がつけば、周りの夫人たちも、先ほどの穏やかな雰囲気とは打って変わって、ラチェリアを見さだめるかのようにじっと見つめていた。

（ここを乗りきらなくては、末席には加えていただけないというわけね）

ラチェリアは、自分を落ちつかせるかのように小さく息をついて、それからメリンダを見た。

「はい。彼女がこのケーキを切ったのであれば、間違いなく彼女は失敗をしています」

「は？　言いがかりなんてつけないで！　新参者《しんざんもの》のクセに！」

メリンダは、目を剥いて声を荒らげる使用人の頬をぴしゃりと叩き、使用人が勢いよく倒れこんだ。ラチェリアはその様子を見て驚いたが、周りの夫人たちは微動《びどう》だにしない。ミシェルも。

「うるさいわね」

メリンダはそれだけ言って、ラチェリアに続けるように促した。

「このケーキは、帝国よりはるか西にあるドリンツ皇国のもので、バウムクーヘンと言います。バウムクーヘンは、本来このように、扇型に切りわけて食べるものではなく、断面にナイフを寝かせて、すくうように、そぎ切りするのが正しい切り方です。そのように切ると、くちどけがよくなりおいしく食べられます」

ラチェリアがそう説明をすると、メリンダや周りの夫人たちが一様に優しい笑顔になった。

「そのとおりよ、ラチェリア嬢」

メリンダはそう言うと、先ほどの使用人を睨みつけた。

「あなた、カルディナが送りこんだスパイでしょ」

「……」

「カルディナに言っておきなさい。姑息《こそく》な真似をするなって」

「……」

「それから、あなた。ガネッシュ男爵の娘よね？」

うつむいていた使用人が、肩をびくんと震わせ、蒼白になった顔を上げた。

「……どうして、それを」

「何を言っているの？　むしろ、どうして私がその程度のことも知らないと思っているの？」

「そ、そんな……」

瞳をさまよわせた使用人は、がたがたと体を震わせる。

「まぁ、いいわ。ここで見聞きしたことを、誰かに漏らすようなことがあれば、即、あなたの家を潰してあげるから、そのつもりでいなさい」

「お、お許しを……」

使用人は、ようやく事態の深刻さに気がついたようだ。

「許すわけがないでしょ？」

「そんな！　……家は、家族は関係ないんです！　本当です。私が勝手にしたことなんです」

「どうでもいいわよ。口を開かなければ、今回は見のがしてあげる。その代わり、ラチェリア嬢のことについてわずかにでも漏らしたら、覚悟をしておきなさい」

「は……はい」

「連れていって」

メリンダが手を振ると、二人の騎士が、使用人の脇を抱えて部屋から出ていった。

（あの使用人は、メイフィン公爵夫人の手の者だったのね。メリンダ様は最初からわかっていて、料理人でもない使用人にバウムクーヘンを切らせたのだわ）

そして周りの夫人たちも皆、それをわかっていたのか、よくあることなのか、まったく動揺をしていない。

先ほどの使用人、ガネッシュ男爵令嬢は、二度と社交界に顔を出すことはできないだろう。この屋敷で見聞きしたことを、口にすることもできないから、カルディナに助けを乞うこともできない。メリンダの弱みでも握って、カルディナに気に入られたかったのかもしれないが、すべてを失うことになってしまった。

「さぁ、皆さま、見苦しいところをお見せしてしまい、申し訳ありませんでした。今度こそ、おいしいバウムクーヘンを楽しんでくださいませ」

メリンダがそう言うと、夫人たちの目の前に、正しくそぎ切りされたバウムクーヘンに、クリームを添えたものが置かれた。

(ああ、これだわ)

ラチェリアは少し頬を染めた。

ラチェリアの前にはメリンダが座り、緊張した空気が一気に穏やかなものに変わっていく。

メリンダがラチェリアを見つめてふっと微笑んだ。

「試すようなことをして、ごめんなさいね」

「いいえ、とんでもないことでございます」

「それにしても、バウムクーヘンを知っているなんて、本当にあなたは博識家《はくしきか》なのね」

「え?」

「ミシェルが言っていたわ。とても勉強熱心で、知識を得ることに貪欲だと」

「い、いいえ、そんな」

貪欲と言われるほど、熱心に勉強をしているつもりはないのだけど。

「謙遜をしなくてもいいわ。事実、バウムクーヘンは多国籍国家と言われている帝国でも、ほとんど流通していないもので、正しい切り方を知っている人のほうが少ないのよ。それを知っているのだもの。それだけで、あなたの知識量が素晴らしいものだとわかるわ」

「ありがとうございます。実は、実際にバウムクーヘンを見るのは初めてでして、正直に言えば自信があったわけではありませんでした。しかし、最近ドリンツ皇国が帝国と友好関係を結んだことで、いずれは、彼の国の品物が流通することになるだろう、と思っておりましたので」

すでに切りわけられていたバウムクーヘンは、本に描かれていた形状とは違った。ただ、何層にも重ねて焼かれた丸みを帯びた形から、バウムクーヘンだと予想した。

「……素晴らしいわ」

テーブルを囲む夫人たちも感心している様子だ。

「さすがね」

メリンダは満足そうにうなずくとミシェルを見た。

「合格よ。とても気に入ったわ」

「ありがとうございます。自慢の義娘ですので」

「あらあら」

ミシェルがそう言うと、ほかの夫人たちも笑い、その場はいっそう和やかな雰囲気になった。

「次はぜひ、私のお茶会にもいらしてほしいわ」

ジェシカが上品な笑みを浮かべる。すると、ほかの夫人からもお誘いがかかかった。

「ラチェリア嬢は人気者ね」

メリンダは華やかな笑顔をラチェリアに向けた。

無事にメリンダのお茶会を乗りきったことで、ラチェリアの日常は忙しくなった。

毎週のようにお茶会に呼ばれ、その中で親しくなった伯爵夫人から、七歳の令嬢の教育係を依頼されたのだ。おっとりとした口調で、いかに自分の娘がかわいらしいかを説明し、最後に、「少しだけわがままなの」と眉尻を下げる夫人の令嬢は、ちょっと有名なわがまま令嬢。ラチェリアは「それはやり甲斐がありそうですね」と喜んでその仕事を引きうけた。

それにより、レオナルドと過ごす時間が短くなってしまったのは心苦しかったが、オリヴァーは問題ない、と言ってそれを了承してくれた。が、肝心のレオナルドは、とても不機嫌。レオナルドにしたら、ラチェリアを取られた気持ちだったのだろう。これからは午後から来ることになる、と伝えた日は、大泣きをして部屋に閉じこもってしまったほどだ。

そこでラチェリアは、レオナルドが就寝するまで一緒に過ごすことを提案した。これまでは、夕食をレオナルドと一緒に食べてから、ホーランド伯爵邸に戻っていたことを考えると、ずいぶん遅い時間まで拘束することになってしまうが、レオナルドの就寝時間は二十時と早い。

そこまでする必要はないと断るオリヴァーに、「そんなに遅くはならないので大丈夫です。私がレオと少しでも一緒にいたいだけですから」とラチェリアが言うので、オリヴァーはありがたくその申し出を受けいれた。レオナルドも大喜びだ。

「本当に、無理だけはしないでちょうだい」

ラチェリアの帰ってくる時間が遅くなり、ミシェルの心配は尽きないというのに、今日はこれまでになく遅い時間に帰ってきた。

珍しくレオナルドが早くに寝てしまって、時間に余裕があったため、ボトリング公爵家の家令である、ペドロの手伝いをしてきたと言う。

「ペドロさんが困っていたので、つい」

詳しく聞けば、帳簿の支出に六バロンの不足があり、何度やっても計算が合わず、ペドロが唸っていたらしい。たった六バロンなんて合っていなくても無視をするのが一般的だが、ボトリング公爵家においては許されない。そこで、ラチェリアが計算をしたところ、一度でぴったり合った。ペドロは感激して、何度もお礼を言っていた。

大きな溜息をついていたペドロは、月の後半になると、いつも帳簿と睨めっこをしている。特に最近は、一気に目が悪くなったらしく、「字がぼやけて、数字の羅列《られつ》を見るのがつらいのです」とぼやいていた。

「時間もありましたから」

「それでも、こんなに遅くなるなんて」

ラチェリアがホーランド伯爵邸に帰ってきたとき、すでに二十二時を回っていた。

「ちゃんと護衛の騎士も付けていただいていますし」

帰る時間が遅くなったラチェリアは、帰り道にはボトリング公爵家有する騎士団の騎士を、護衛に付けてもらっている。しかしそうだとしても、令嬢が一人で帰る時間としては遅すぎる。

「オリヴァーにひとこと言っておかなくてはいけないわね」

「お義母さま、それはおやめください。オリヴァー様は何も悪くありません。私が勝手にしたことですから」

「そうだけど」

家令のペドロも、気がついたら二十一時を回っていて、真っ青な顔をして謝っていたのだ。

「それに、私、計算をするのが好きなのです。ですから楽しかったのですよ」

レオナルドは、答えがひとつしかないから、算術はそんなに好きではないと言っていたが、ラチェリアは数がぴったり合うと達成感があってうれしくなる。

ミシェルは首を振って大きな溜息をついた。

「本当に困った子ね」

そう言ってラチェリアの頬をなでる。

「湯あみをして早く休みなさい」

「はい、お義母さま」

ミシェルがラチェリアの額にくちづけを落とすと、ラチェリアは「おやすみなさい」と言って部屋をあとにした。

その足で浴室に向かったラチェリアは、一人きりで湯あみの準備をした。

ラチェリアのドレスには、前身頃に隠しボタンがあって、一人で脱着《だっちゃく》ができるようになっている。ラチェリアが持っているドレスはすべてその仕様で、湯あみのときは自分でドレスを脱いで、自分で体を清めるのだ。

最初は苦労をした湯あみも、今では一人でできるようになったし、髪も三つ編みくらいならできる。それだけでもずいぶん成長したと思う。と同時に、いかに自分が他人の手を借りて生活をしていたかを痛感した。もちろん、今でも誰かの手を借りていると理解している。

部屋は使用人がきれいに掃除をしてくれているし、毎日おいしい食事を準備してくれている。ドレスを美しく整えてくれているのも使用人たちだ。それでも、そこにいるだけで身支度が整っていったあのころからは、考えられないくらい、自分のことは自分でしている。それなのに、そんな生活がまったく苦ではない。

「私は、今が一番幸せね」

仕事をして認められ、必要とされている。恋をしているわけでも、結婚をしているわけでもないのに、今以上の幸せなんて過去にはなかった。自分の時間はあまり取れなくなってしまったし、いつも体はくたくただ。それでもこの生活に代わる幸せがあるとは思えない。

家庭を持ち、夫を支え、子をなすことが女性の幸せだという考え方が一般的な中、まったく違う生き方をしている今が一番幸せだなんて、結婚を夢見ていたあのころには想像もしなかった。

それに、一人で生きていけると思っていたころの自分を思いだすと、顔から火が出るほど恥ずかしくなる。何も知らなかった自分は、本当に怖いもの知らずの世間知らずだった。

でも、今のラチェリアは違う。自分の能力を過信《かしん》していないし、一人でなんでもできるとは思っていない。だからこそ自分のできることをしようと思うのだ。

（今度オリヴァー様に、屋敷の仕事を手伝わせてもらえないか聞いてみようかしら？）

ラチェリアは一人っ子ということもあって、領地経営はひととおり学んできているが、細かいところまでは学んでいない。王太子妃候補となってから、領地経営の勉強をする時間が取れなくなってしまったからだ。だがもし、ペドロの仕事を手伝いながら、領地経営を学ばせてもらえれば、レオナルドの今後にも役立つかもしれない。

（さすがにそんな都合のいいお願いは、聞いてもらえないかしら？）

領地経営でなくても、屋敷の管理で手伝えることはないだろうか？　せめて、単純な計算くらいは手伝って、ペドロの酷使《こくし》された老眼を労《いた》わってあげたいところ。

（一人より二人でチェックしたほうが、計算のミスも減らせるわ）

いつの間にか、ずいぶんと時間がたってしまっていたようで、湯が温くなっていることに気がついたラチェリアは、湯船から出て大きなタオルにその身を包んだ。

「無理な相談かもしれないけど、聞いてみるくらいいいわよね」

体を拭き、夜着を着て髪を乾かしながら明日の準備をする。

その日、ラチェリアが眠りに就いたのは日を跨《また》いだころだった。

❋　❋　❋

ガゼル王国では、久しぶりに王家主催の盛大なパーティーが行われていた。王太子妃アラモアナの誕生日を祝うためのもので、一年近く大きなパーティーが行われていなかったこともあり、久しぶりに宮殿内がきらめいている。

これまで、国王や王妃の誕生パーティーは、盛大に行われていたが、王太子や王太子妃はそれより少し規模を縮小するのが慣例だった。しかし今回初めて、王太子妃の誕生パーティーを、王妃のために行われるパーティーと同じ規模で行ったのだ。

数か月前に行われる予定だった、王妃ジェレミアの誕生パーティーは、ジェレミアが体調を崩していることを理由に行われなかった。それに、国王も体調を崩しているらしい、と密かに噂をされていて、国全体が暗い雰囲気になっていた。

そのため、王太子妃のパーティーを盛大に行い、王家の健在《けんざい》ぶりを国内外に知らしめるべきよ、とアラモアナが言い、今回、このようなパーティーが行われることとなったのだ。

それは本当に華やかなもので、貴族たちも久しぶりに盛大なパーティーが開かれたことを、歓迎しているようだった。

ブラッドフォードは、わずかにもれ聞こえるパーティーのざわめきを耳にしながら自室に入り、すべてを遮断《しゃだん》するかのように部屋のドアを閉めた。そしてソファーまで行って、勢いよく腰を下ろし、そのまま背凭れに背を預けて天井を見あげた。周囲が静かなせいか、まだかすかに音楽が聞こえる。

アラモアナの誕生パーティーは、深夜まで続くだろう。

「ルイスに頼んでおいて正解だったな」

側近のルイスには、頃合いを見はからって、呼びに来るように伝えておいた。おかげで絶妙なタイミングでパーティーを抜けだすことができたし、ルイスもうれしそうに帰宅した。

ブラッドフォードはゆっくりと息をついて、それからふと窓の外を見た。そこには大きな月。

「白いな……」

真っ暗な部屋を照らすのは、真っ白な月から放たれる明かりだけ。その月明かりは、パーティー会場を華やかに演出したたくさんの明かりより、よほど頼りなげなのに、ブラッドフォードにはやけに眩しく見えた。

アラモアナを祝うために集められた貴族たちは、アラモアナのご機嫌をうかがいながらも、その瞳の奥のほうに、昔とは違う感情を隠していた。

「彼女はそんなことにも気がつかないんだろうな」

アラモアナの周りに侍るのは、若い下位貴族ばかり。それも、社交界にたいした影響力も持たず、アラモアナの威《い》を借りることで、その場に立っていられる者たちだ。そして、本当に力を持つ者は、アラモアナに対して恭しく振る舞いながらも、上手に距離を置いている。

「何が彼女を変えてしまったんだろうな……」

ブラッドフォードと恋人関係にあったころのアラモアナは、常に笑顔を絶やさず、誰もが憧れる存在だった。

それに、図書館の隅っこで本を読みながら、ブラッドフォードと話をしていたころのアラモアナは、未熟な部分も多かったが、一生懸命学ぶ姿勢に好感が持てた。だから、彼女の好奇心と向上心は、王太子妃となっても変わることはなく、ブラッドフォードと同じ道を歩んでくれると思っていたのだ。

ただ、アラモアナのスペアのように扱われていた、ラチェリアとマレーナは、すべてにおいて完璧だったし、いつも笑顔で印象も悪くなかった。

それに、ラチェリアの知識量は圧倒的だったし、流行の先端を行くマレーナは、その人柄もあって社交界では常に注目される存在だった。決して彼女たちが、アラモアナより劣っていたわけではない。むしろ、アラモアナよりよほど秀《ひい》でた部分があったと言っていい。

ただ、アラモアナはブラッドフォードの恋人で、周囲の人々は盲目的に彼女を崇拝していた。それだけだ。そしてブラッドフォードも、初めての恋に浮かれ、冷静さを欠くほど夢中だった。

だから無神経にも、ラチェリアと二人きりで過ごすはずのお茶会にアラモアナを連れていった。だから、ラチェリアをエスコートしなくてはならないパーティーで、アラモアナをエスコートした。

それでも、ラチェリアがブラッドフォードを責めることはなかった。

「僕は、親友と言いながら、君を軽視していたんだ。……本当に最低なやつだ」

今ならそれがわかるというのに、そのときの自分は無神経な行為に気がついていなかった。

いったいどれほどラチェリアを傷つけただろうか。

それなのに、ラチェリアはブラッドフォードと結婚をし、体を重ねた。ラチェリアの気持ちも考えず、自分のことを優先していたブラッドフォードは、アラモアナを失った悲しみや、見つけることができなかった自分の不甲斐なさを、ラチェリアに怒りをぶつけ、拒絶することで相殺《そうさい》した。

そんな状態でも、ラチェリアは淡々と王太子妃としての務めを果たし、月に三日の房事もこなした。

なぜ？　なんて聞く必要はない。簡単な話だ。ラチェリアは、王太子妃として生きていくことを決めたのだ。それなのに、自分はいつまでも子どものように怒り、アラモアナを諦めることもできずに引きずっていた。

それでもラチェリアはブラッドフォードに対して、ずっと変わらない笑顔を向けていた。しかし、そんなラチェリアを見ると、いかに自分が幼稚であるかを思いしらされ、それがますますブラッドフォードの態度をかたくなにした。

しかし、結婚をして一番近い存在となり、長い時間をラチェリアと過ごすようになると、ふと、あることに気がついた。時折自分に向けられる切なげに熱を帯びた瞳。そんな熱を感じてラチェリアを見ると、彼女はふっと目を逸らした。

あれは、友人に向けられるものではない。ブラッドフォードはその熱の意味を知っている。自分もかつては、そんな熱をもってアラモアナを見つめていたのだから。

「うそだ……。そんなこと、あるはずがない」

ラチェリアはずっと友達で、それでアラモアナとの関係を応援してくれていて……。

だけど、あの瞳は。

もしかしたら、ラチェリアは僕のことを愛しているのかもしれない、と思ったとき、心が酷くざわめいた。

（ラチェが、僕を愛している？　いつから？　結婚をしてから？　それとも婚約をしてから？　もっと前から？　いつから？）

その考えに至ると、ラチェリアの態度も言葉も、友人に対するそれではない、とはっきり理解することができた。

あの包みこむ優しさが愛であると、なぜ気がつかなかったのか。自分はこれほどまでに大きな愛に守られていたのに。

（ラチェが僕を愛しているなら、いったい僕は彼女に何をした？　どれほど酷いことをした？）

自分のことしか考えられず、ラチェリアを思いやることもできずに拒絶したのはブラッドフォード。アラモアナを失った悲しみで八つ当たりをしても、初夜でどんなにぞんざいに扱っても、ずっとラチェリアはそばにいてくれた。

それなのに、ラチェリアを前にすると顔が強張って、昔のように接することもできなくなった。それでもラチェリアは、いつも笑顔を向けてくれた。ラチェリアを前にすると、何を言葉にしたらいいのかわからなくなって、黙りこむブラッドフォードに、いつもラチェリアは笑顔で話しかけてくれた。

ラチェリアはどこまでもブラッドフォードに優しかった。だからその包みこむような優しさに甘えてしまった。

二人の関係を変えなくては。少しずつでもいいから、変えていかなくてはいけない。そうしたら、きっと昔のように笑いあえる日が来る。

そう決意しても、思うように振る舞うことができない。固まってしまったかのように眉間にシワを寄せ、ラチェリアの言葉にもっといろいろ応えたいのに、つい「ああ」と短い返事で終わらせてしまう。優しく抱きしめたいと思うのに、伸ばした腕は、中途半端なところで躊躇《ちゅうちょ》して引っこめる。

（あんなに酷いことをしてきた自分に、ラチェを抱きしめる資格があるのか？）

不甲斐ない自分にはほとほと嫌気がさす。いまさら、昔のように振る舞うなんてできるはずがない。それでも、どうにかしなくてはいけない。

（時間はいくらでもある。ラチェが僕のもとを離れることはないのだから）

ラチェリアを傷つけ続けながら、そんな自分勝手なことを考えていた。ラチェリアを目の前にしなければ、謝ることだってできた。それに何も意味がないことはわかっていても、一人きりの部屋で何度もラチェリアに謝っていた。

友情が愛情に変わるには遅すぎたが、それでも愛していると伝えたかった。だが、彼女には伝わらなかった。

（伝わるわけがないか）

弱い自分は、喉から手が出るほど欲しかった『子ども』とラチェリアを天秤《てんびん》にかけ、『子ども』を取ったのだから。だから、ラチェリアのいないところで、ジャスティンには「お父さま」と呼ばせていたし、アラモアナを側妃として迎えいれないと言いながらも、アラモアナがいつでもジャスティンに会えるように取りはからおうとした。

子どもがいれば、ラチェリアがそのことで苦しむことはなくなるはずだと思った。ラチェリアのためなのだと。自分もまた、この重責《じゅうせき》から逃れることができるのだと……。

「子どもさえいれば、間違った選択をしなかった……」

何度となく口にした言葉。

――ラチェが子どもを産んでくれれば――

愚かな自分は、子どもができないラチェリアを悪者にして、自分のことを守ろうとした。

どこまでも愚かで、どこまでも醜い。いつから自分はこんなにも情けない男になったのだ。よくあるあれだ。失ってから気がつく。後悔したところでいまさら遅い。という、よくあるあれ。それが今の自分。

「……ラチェリア……」

名を呼んでも応えてはくれない懐かしい笑顔が、ブラッドフォードの心を締めつけた。

ドアの向こうから、美しいワルツの音楽がかすかに聞こえる。

つづきは2巻へ

あとがき

私は、不遇の主人公が幸せをつかむ、シンデレラストーリーが好きです。主人公がひたむきに頑張れば応援したいし、その結果痛快なざまぁがあればすっきりするし。そして、そんな私好みのお話がWeb小説にはたくさんありましたから、それこそ漁《あさ》るように読んでいました。

そんなときふと、なんだか面白そうだからちょっと私も書いてみようかな。どうせなら、すんごいかわいそうな主人公がいいな、と軽い気持ちで書き始めたのが『ラチェリアの恋』。

とはいえ、私はプロットを立てないので、どの作品もハッピーエンド希望だけど、プランのないストーリーは私自身も展開がよめず、ストーリーはいつも最後まで手探り。なぜプロットを立てないのかというと、プロットを書こうとすると、妄想していたことを忘れてしまうから。これまでも何度となく、壮大《そうだい》に広がった妄想を忘れてきました。残念！

そんなわけで、本作もプロットはありませんでしたが、簡単な設定だけは決めていました。

大好きな人から、恋人を紹介されたら？　自分の愛する人が、自分を愛してくれないのに、結婚をしなくてはならなくなったら？

間違いなく私なら耐えられない。それが私の答えでした。もし、私が恋を知ったばかりのうぶな少女であったなら、ラチェリアのような選択をしたかもしれません。好きなんだから仕方がない。そんな一途な気持ちだけで、後先も考えずに泥沼に足を突っこんだかもしれません。でも私には簡単に逃げることができます。いやだと思ったら、さっさと引けば終わる話なのです。

しかし、ラチェリアはその恋に人生をかけました。どんなに傷ついても、ブラッドフォードにすべてを捧げ、自分を犠牲にしてブラッドフォードに尽くしたのです。

それって、よく考えればダメ人間製造機ですよね。私はそこにラチェリアの失敗があると思いました。親友であり夫でもあるブラッドフォードを、ラチェリアの献身《けんしん》に気がつかず、大きな愛にも気がつかない愚かな人間に、ラチェリアがブラッドフォードを育ててあげたのですから。

もし、ラチェリアがブラッドフォードに対する執着を捨て、割りきることができたなら、二人の関係はもっと違うものになっていたはずです。これまで無意識に甘えていた相手が自分に関心を示さなくなったら。包まれていた温かい愛に、冷水のような冷たさが混ざってきたら。そんな変化があれば、ブラッドフォードは立ち止まって、ラチェリアを見つめることができたかもしれません。ラチェリアの異変に気が付き、もっと早くに自分たちの関係を見直していたかもしれません。それをさせなかったことも、ラチェリアの失敗だったのだと思います。

とはいえ、その失敗はラチェリアに新たな一歩を踏みださせるきっかけとなりました。それはある意味成功です。狭くなった視界が一気に広がり、ブラッドフォードのために生きることが自分のすべてだと思っていたのに、それ以外の道を歩むことになるのですから、大成功です。ブラッドフォードも、失ったものの大きさに気がついたので、ざまぁもちょっとだけ成功です。

最初からこれが目的で、ラチェリアがブラッドフォードを甘やかしていたのなら、腹黒くていいのですが、そうではないのはちょっと残念。なんて思う私はかなり腹黒ですね（笑）

自分の進みたいと思う道は？　自分が本当に望む幸せとは？　これから先の人生がバラ色一色ではないけれど、少しずつ幸せの種を撒いて、大切に育てているラチェリアを、これからも見守っていただけたらと思います。応援をよろしくお願いいたします。

プティル・ブックス

ラチェリアの恋 1

2023年10月28日　第1刷発行

著　者　三毛猫寅次　©Toraji Mikeneco 2023
編集協力　プロダクションベイジュ
発行人　鈴木幸辰
発行所　株式会社ハーパーコリンズ・ジャパン
東京都千代田区大手町 1-5-1
03-6269-2883（営業部）
0570-008091　（読者サービス係）
印刷・製本　中央精版印刷株式会社

Printed in Japan ©K.K.HarperCollins Japan 2023
ISBN978-4-596-52744-8

※この作品はフィクションであり、実在の人物・団体・事件等とは関係ありません。

※本作はWeb上で発表された小説『ラチェリアの恋』に、加筆・修正を加えたものです。